PAS DUPE

DU MÊME AUTEUR

BUREAU DES ILLETTRÉS, *roman, 1992*
LE COURS CLASSIQUE, *roman, 1995*
ALERTE, *roman, 1996*
MOTEUR, *roman, 1997*
MONTPARNASSE REÇOIT, *théâtre, 1997*
LA CONCESSION PILGRIM, *théâtre, 1999*
LE DRAP, *roman, 2003*
DIEU EST UN STEWARD DE BONNE COMPOSITION, *théâtre, 2005*
PRIS AU PIÈGE, *roman, 2005*
L'ÉPAVE, *roman, 2006*
BAMBI BAR, *roman, 2008*
CUTTER, *roman, 2009*
ENLÈVEMENT AVEC RANÇON, *roman, 2010* («double», n° 87)
UN NOTAIRE PEU ORDINAIRE, *roman, 2013* («double», n° 98)
LA FILLE DE MON MEILLEUR AMI, *roman, 2014* («double», n° 103)
SANS ÉTAT D'ÂME, *roman, 2015*
TROIS JOUR CHEZ MA TANTE, *roman, 2017* (« double », n° 117)
PAS DUPE, *roman, 2019*
ADULTÈRE, *roman, 2021*

Chez d'autres éditeurs

LA TABLE DES SINGES, *roman,* Gallimard, *1989*
PUDEUR DE LA LECTURE, Les Solitaires intempestifs, *2003*
CARRÉ BLANC, Les Solitaires intempestifs, *2003*

YVES RAVEY

PAS DUPE

LES ÉDITIONS DE MINUIT

www.leseditionsdeminuit.fr
ISBN : 978-2-7073-4687-2

1

J'ai revu Kowalzki au bord du précipice, le jour où la voiture de Tippi est sortie de la route. Il contemplait le vide, l'air hagard. Je connaissais bien Kowalzki. Sa profession, agent d'assurances à la compagnie Pacific, mais aussi, depuis pas mal de temps, amant de Tippi, ma femme, morte dans l'accident. C'est son corps à elle que je cherchais à distinguer maintenant, parmi les débris, au fond du ravin.

Deux heures à peine s'étaient écoulées depuis le drame. Et Kowalzki était déjà là. Quant à moi, un agent de police m'avait tiré du lit pour m'annoncer que ma femme, Tippi Meyer, avait perdu la vie dans un accident de la route. Le camionneur qui franchissait le col en sens inverse, m'a dit le policier, n'avait rien vu d'autre qu'un nuage de poussière en contrebas. La voiture de Tippi accomplissait alors son dernier tonneau.

Quand je suis arrivé sur les lieux, la police était là, avec les secouristes. Un agent s'est aussitôt déplacé à ma rencontre. On avait dû lui indiquer qui j'étais, mais je me suis présenté : Salvatore Meyer, le mari, on vient de me prévenir. L'agent a hoché la tête. Je ne me souviens même pas de son nom, pourtant il m'a interrogé un bon moment avant de me laisser entre les mains de l'inspecteur.

2

Parvenu au bord de la plate-forme surplombant le vide, après avoir enjambé ce qui restait de la glissière de sécurité arrachée par le choc, j'ai entamé ma descente vers le fond du ravin.

La pente était particulièrement abrupte à cet endroit. J'ai descendu d'un palier. Kowalzki n'avait pas quitté le bord de la route. Lunettes de soleil sur le front, il passait un mouchoir sur son visage. Un pompier, au-dessous de ma position, porteur d'un blouson de secouriste, m'a interpellé. Il a demandé si j'étais parent de la victime, et j'ai dit: Je suis son mari. Il a soulevé sa visière de casque, en élevant la voix: C'est dangereux de rester là, monsieur, vous devez remonter. Mais je voulais voir Tippi. Je l'ai dit. Malheureusement, monsieur, mieux vaut que vous ne la voyiez pas, votre femme. Il a réitéré son ordre. Un autre pompier est parvenu jusqu'à lui, porteur d'une civière fixée à une corde de rappel.

Prenant garde à la solidité de mes appuis sur les arêtes rocheuses, j'ai obéi à l'ordre donné par le secouriste, escaladé la pente sur quelques mètres, et regagné le sommet. Kowalzki était toujours là. Je crois qu'il tentait de me parler. L'apercevant à cet instant, je me suis rendu compte que je n'avais pas encore appelé Bruce, mon beau-père. J'ai enjambé en sens inverse le montant disloqué de la glissière, me souvenant que, dans ma précipitation, mon mobile était resté sur la table de nuit. J'ai demandé à un policier la possibilité de joindre mon beau-père. Une autre voix, teintée d'un léger accent espagnol, m'est parvenue. C'était celle d'un policier en civil, qui s'est présenté : Inspecteur Costa… C'est déjà fait, monsieur. Votre beau-père ne va pas tarder. Nous lui avons dit pour sa fille.

De là où j'étais, on apercevait le pavillon de la berline blanche de Tippi, les pièces de carrosserie parmi les blocs de pierre et les éboulis. À côté de moi, les voitures passaient au ralenti sur la voie de gauche. J'ai contemplé la route, un peu plus haut, plein nord, le virage, bordé par le parking poids lourds de la cimenterie désaffectée, d'où la voiture de Tippi avait surgi. Puis je me suis retourné, plein sud, face à la prochaine courbe, signalée par le panneau danger. Je me suis représenté le parcours de la voiture : Tippi roulant à tombeau ouvert, qui tentait de rétablir sa trajectoire à la sortie du tournant, surprise par le contre-virage, dévalant la pente, là, devant moi, pour se précipiter dans le vide.

Le policier en civil, chemise blanche et costume gris, s'est détaché du groupe d'agents, il m'a salué, tout en prenant des notes sur un carnet. Puis, il a levé les yeux pour me demander si ma femme avait l'habitude des excès de vitesse. J'ai répondu oui, elle adorait conduire, et puis, vous avez vu le modèle de sa voiture ? Il a hoché la tête, et, comme pour réparer une maladresse, il m'a présenté ses condoléances.

Maintenant, accroupi au milieu de la chaussée, à la recherche de traces d'éventuel freinage, l'inspecteur considérait le revêtement d'asphalte, couvert de larges fissures. J'ai dit : Ça a dû se produire quand il faisait encore nuit, elle était seule sur la route. J'ai imaginé Tippi, vitre ouverte, foulard au vent, noué autour du cou, sous les rayons de l'aube. J'ai revu son corsage blanc, son col ouvert, sa jupe bleu marine. Je me suis baissé près de l'inspecteur, concentré sur l'observation de la chaussée. Sans doute, il ne m'a pas entendu dire que ma femme adorait rouler vitres ouvertes, c'était son plaisir, piloter sa voiture à ligne sportive, moteur puissant, offerte par son père, pour ses vingt ans. Alors, il s'est relevé, le temps de frotter ses mains à plat l'une contre l'autre, de faire disparaître une tache de bitume sur son index. Il m'a demandé ce qu'elle allait faire à Santa Clarita à une heure pareille. J'ai répondu qu'en fait, je n'en savais rien. Ce qui a provoqué sa remarque : Vous êtes un des premiers, monsieur Meyer, à venir sur les lieux, vous êtes son mari, et vous ignorez ce qu'elle allait faire dans la ville voisine, sur une route aussi dangereuse, si tôt le matin, c'est curieux, non ?

Je ne m'attendais pas à cette remarque. J'ai répété que j'étais arrivé il y a peu, on m'avait prévenu. Mais, m'a-t-il coupé : Vous habitez dans le secteur, votre femme venait de quitter le domicile, si j'ai bien compris, et vous me dites que vous n'étiez pas au courant, c'est bien cela ? J'ai répondu que Tippi avait quitté la maison sans me prévenir, pendant que je dormais. Ça ne me regarde pas, a-t-il repris, mais c'est surprenant, on ne part pas comme ça de chez soi à cinq heures du matin.

L'inspecteur m'a gentiment tiré par la manche, pour me guider sur quelques mètres, en direction du précipice. Il s'est penché devant une trace de freinage : Vous voyez, monsieur Meyer, mes hommes ont vérifié. Les empreintes de pneu ne sont pas celles de la voiture de votre épouse. Tout ce que nous pouvons constater, c'est qu'elle roulait à grande vitesse. Mais, ce qui me surprend… elle n'a même pas freiné, du moins je ne vois aucune trace… c'est bizarre, vous ne trouvez pas ?

Je ne savais que dire. Trop de questions ! Mais, lui, ça lui était égal. Il a expliqué qu'il aurait aimé être présent quand la voiture avait défoncé la glissière : Votre femme n'a même pas amorcé le virage, elle est partie tout droit. Vous y comprenez quelque chose, vous, monsieur Meyer ?

La chaleur le dérangeait. Il a enlevé son panama à bord étroit, s'est essuyé le visage, avant de desserrer son nœud de cravate, puis le col de sa chemise blanche : Je voudrais simplement savoir si elle a quitté délibérément la route, voyez-vous, ou si elle a effectivement raté son virage. Elle roulait vite, certes, même très vite, votre femme, mais les freins, ça existe… et puis, soyons sérieux, elle n'a même pas contrebraqué… !

Passant son mouchoir sur le galon intérieur de son chapeau, il mesurait du regard la distance entre les deux virages. Peut-être, a-t-il réfléchi… madame Meyer n'était tout simplement pas en état de conduire… Et puis, ça ne se passait pas très bien entre vous, n'est-ce pas ? Je lui ai demandé ce qui lui permettait d'affirmer une chose pareille. Qu'en savait-il… ?

Alors, l'inspecteur m'a parlé de mon beau-père, Bruce Cazale. Il avait discuté avec lui au téléphone, ce qui m'a surpris... En si peu de temps... ! c'est impossible... ! Si, c'est possible, monsieur Meyer, votre beau-père a été réveillé par des bruits de discussion, il vous a entendu hausser le ton, en tout cas, c'était une voix masculine. J'ai répondu que oui, effectivement, nous avions eu une discussion, Tippi et moi, et peut-être, j'ai élevé la voix, sans me rendre compte, mais, ça arrive parfois, il n'y a là rien d'anormal...

Le policier continuerait de réfléchir à la question. Il n'oublierait pas, s'est-il touché le front avec son index... Après tout, a-t-il haussé les épaules, avançant de quelques pas, concentrant cette fois son attention sur la glissière emboutie par le choc : D'accord, c'est un accident de la route, aussi banal soit-il, mais rien ne me prouve que c'en est un... Ce ne serait pas la première fois, vous savez.

Enfin, il m'a annoncé que je ne devrais pas être surpris si j'apprenais dans les heures prochaines que le juge ouvrait une instruction. Mais, vous n'avez aucune piste, inspecteur ! Si, monsieur Meyer, la voilà la piste : vous avez eu des mots avec votre femme, vous venez de le dire. Et il m'a demandé si je m'entendais bien avec mon beau-père. Ça m'intriguait, sa remarque. J'ai répondu que je ne comprenais pas cette question. Tout allait bien avec Bruce, d'autant que je travaillais dans sa société. Ah oui ? a-t-il fait. Alors, j'ai sorti de ma poche la carte de l'entreprise :

SOCIÉTÉ BRUCE CAZALE
DÉMOLITION INDUSTRIELLE – RECYCLAGE
DÉSAMIANTAGE – SCIAGE BÉTON – GÉNIE CIVIL

S'il est question de mon beau-père, dans ce cas, vous voyez directement avec lui, inspecteur. Sourire énigmatique du policier. Costa a pris la carte : Vous êtes quand même marié avec sa fille, non ? Et sa fille vient de mourir. Excusez-moi, mais ça n'a rien d'anodin, vous comprenez, monsieur Meyer. Peut-être c'est le hasard complet, peut-être je suis dans l'erreur, et je me dirige droit vers une impasse… pourtant, la question se pose…

Le soleil inondait la chaussée. Le policier, tout en discutant, cherchait l'ombre du seul acacia au milieu des pierres, côté montagne. J'ai regardé, en contrebas, la voiture de Tippi, écrasée sur la roche. J'ai répété, à voix haute : Elle adorait conduire, Tippi aimait tant la vitesse, vous ne pouvez imaginer, inspecteur, tout ce qu'elle aimait. Les rayons de lumière produisaient des reflets bleutés sur sa chemise.

Il s'est approché, les mains dans les poches : Si vous ne savez pas où elle allait, vous pourrez au moins m'apprendre d'où elle venait exactement ? De la maison. C'est évident. Je vous l'ai dit, nous habitons Acton, au bord de la réserve animalière.

Les secouristes remontaient le corps. J'ai de nouveau enjambé la glissière, un peu plus bas, pour les rejoindre, les interpeller, en appui sur une aspérité de la roche : J'aimerais voir ma femme, s'il vous plaît. L'inspecteur est revenu vers moi. Il m'a parlé, c'était déconseillé, pas maintenant. Sa main, par sympathie, s'est attardée sur mon épaule. J'ai ressenti à cet instant l'attention qu'il me portait. Je suis désolé, monsieur Meyer, mais vous ne pourrez pas la voir, il vous faudra encore un peu de patience. Le corps de votre femme va prendre la direction de l'Institut médico-légal. Nous pourrions, si vous le voulez, boire un verre dans le bar de Donovan, un peu plus loin, c'est à quelques virages d'ici. J'ai répondu que je préférais rester au bord de la route, ajoutant, à titre de remarque, qui n'engageait que moi : La glissière ne devait pas être assez solide…

Sans réfléchir, je lui ai demandé de me rendre un service, j'ai dit, c'est important pour moi, inspecteur. Quel service ? J'aimerais que vous alliez dans le véhicule de secours, la voir, s'il vous plaît, quand ils l'auront installée. Vous me direz comment elle est habillée, j'ai besoin de savoir. Costa s'est fendu d'un sourire : Je vais voir ce qui est possible, promettez-moi d'attendre ici. Je n'ai pas bougé, je l'ai observé de loin, qui discutait avec les secouristes, et quand il est revenu, quelque dix minutes plus tard, après une discussion avec le chauffeur de l'ambulance, l'inspecteur m'a indiqué la tenue de Tippi : ma femme portait une jupe bleu marine, et j'ai dit, en fermant les yeux, je suis d'accord. Tippi m'est apparue, dans cette jupe. Le policier a continué : Elle portait aussi un corsage blanc, monsieur Meyer. J'ai demandé si elle avait toujours son foulard, il a dit : Oui, elle portait un foulard, de couleur vive, je ne peux rien vous dire d'autre.

Il a tiré une carte de visite de sa poche de veste portée à l'épaule. Il me l'a tendue. Tenez, monsieur Meyer, c'est mon tour, voici mes coordonnées, Costa Martin Lopez, vous pourrez me joindre où vous voulez, et à l'heure qui vous plaira, jour et nuit. Tout est inscrit là-dessus.

Revenu sur la chaussée, j'ai pris la carte, en répondant que je n'avais besoin de rien. Il a cligné des yeux, le soleil dans la figure : Écoutez, monsieur Meyer, c'est très violent, ce qui vous arrive. Je ne devrais pas vous dire cela, mais, je me rends compte en vous observant… vous êtes sous le choc de l'accident. Permettez-moi seulement de vous offrir mes services. Je pense, voyez-vous, que vous avez besoin d'aide. Je ne suis pas certain que la situation soit aussi simple que vous le prétendez. J'ai parlé à votre beau-père. Je sais que rien n'est facile. Alors croyez-moi, monsieur Meyer, il faut m'écouter ! J'ai répété à Costa que je n'avais besoin de personne.

L'inspecteur est resté face à moi, quelques secondes, à me contempler… Enfin, je me suis décidé, je l'appellerais en cas de besoin… Ce qui a dû le satisfaire, car il est reparti, sans attendre. Manifestement très préoccupé, il a donné la consigne au mécanicien manœuvrant le treuil de son engin de dépannage : Ne pas embarquer l'épave de la voiture, ses services l'inspecteraient sur place, ce serait rapide, dans la journée. Ensuite, a-t-il poursuivi, on la transportera dans une casse automobile, à Santa Clarita. Puis, il est revenu, la veste toujours pendue à l'épaule. Il marchait sur le bord de la route, le long du précipice, contrôlant du regard les manœuvres des pompiers.

L'air affairé, il m'a demandé qui était ce type – dont j'avais d'ailleurs oublié l'existence, le temps de notre conversation. D'un mouvement du menton, il m'a indiqué Kowalzki. J'ai compris que Costa ne négligeait rien, qu'il s'attardait sur chaque détail. C'était comme s'il avait tout de suite établi la différence entre les conducteurs qui s'arrêtaient en haut, au bord de la cimenterie déserte, pour assister au spectacle d'une voiture accidentée, et cet homme, qui n'avait encore pas quitté les lieux.

J'ai passé sous silence que je le connaissais, Kowalzki, j'ai voire simulé le désintérêt le plus total quand il a voulu savoir si j'avais déjà eu affaire à lui. L'inspecteur s'est approché de Kowalzki, il lui a demandé ce qu'il faisait là, et s'il connaissait la victime. Dans ce cas, ce serait l'occasion de lui fournir des renseignements, puisque vous semblez concerné, a dit l'inspecteur, et l'agent d'assurances s'est mis à l'écart. Je n'ai d'abord pas saisi ce qu'ils se disaient, c'est seulement ensuite que Costa est revenu vers moi.

Ignorant les consignes, je m'étais approché des vitres opaques du véhicule de secours. La portière latérale venait de se refermer sur le corps de Tippi. J'ai alors envisagé de la suivre, et j'ai pris la direction de ma voiture. Aussi, m'est revenue la nécessité, urgente, cette fois, de téléphoner à mon beau-père. J'éprouvais, sans que j'y puisse rien, de grosses difficultés à concevoir notre prochaine rencontre. Le père de Tippi habitait depuis notre mariage à la maison, ma femme lui avait fait aménager un grand appartement, au premier étage. Bruce allait arriver d'un moment à l'autre. Maintenant, je devais me décider à lui parler. J'étais rassuré, cependant, de ne pas avoir à lui apprendre la mort de sa fille.

Et, comme je ne m'y attendais pas, l'inspecteur m'a appelé, plusieurs fois, par mon nom, en me faisant du monsieur Meyer, s'il vous plaît ! Je me suis retourné, il était toujours avec Kowalzki. Venez, je vais vous présenter. Alors j'ai expliqué que je voulais revoir ma femme. L'inspecteur s'est gratté le front, en ôtant encore une fois son chapeau. Je savais très bien ce qu'il pensait : Je n'avais pas beaucoup de chances de la revoir, ma femme. Il a insisté, et Kowalzki n'a rien dit. J'ai souri, en lui tendant la main, comme si je ne l'avais jamais vu.

3

La journée du dimanche, Bruce est revenu en début d'après-midi. Il ne s'est pas rendu à l'entreprise, comme il en avait l'habitude le week-end, il ne prenait jamais de vacances. Il est resté longtemps dans sa chambre, sans sortir.

Après un long moment seul sur le lieu de l'accident, je me suis livré, dans le fond de mon garage, à de menus travaux de mécanique, et j'ai démonté le carburateur de la tondeuse à gazon. Ensuite, je suis resté assis sur un fauteuil de toile, au bord de la piscine, en attendant l'apparition de mon beau-père. J'ai alors reçu un appel de l'inspecteur Costa. Cela ne me dérangerait-il pas de venir demain matin ? Oh, une petite heure, pas davantage, simple formalité, monsieur Meyer, ensuite on se rendra dans le service de médecine légale, tous les deux.

Silence de ma part… Il a voulu savoir si j'avais enfreint sa consigne, et si je m'étais rendu au centre hospitalier pour essayer de voir le corps… Nouveau silence… Justement, au sujet du corps, il avait des choses à me dire. Tout de suite, je me suis inquiété : De quoi parlez-vous, monsieur l'inspecteur… ? Le ton est devenu ferme : Nous verrons sur place ! Vous, je n'ai aucun souci, c'est plutôt du côté de… Il n'a pas terminé sa phrase. … Enfin, on verra bien, je vous attends dans mon bureau, dès neuf heures. Je lui ai demandé s'il avait eu un nouvel entretien avec mon beau-père. Oui, vers midi, monsieur Cazale est venu témoigner, pour les besoins de l'enquête. Mais alors, vous a-t-il appris quelque chose de nouveau ? Rien de spécial, monsieur Meyer, nous avons discuté, simplement.

Et Bruce est sorti de sa chambre du premier étage. Il a descendu les escaliers, sans un mot, l'esprit absorbé. En arrêt sur la dernière marche, il est sorti de sa réflexion : Avec qui parlais-tu au téléphone, Salvatore ? avec le policier ? J'ai gagné la cuisine. Oui, avec l'inspecteur Costa. Bruce a traversé le vestibule, puis le salon.

Sans attendre, il m'a demandé comment j'envisageais les choses désormais. Mais, après la mort de Tippi, que répondre à une telle question ? Je l'ai dit, et j'ai ajouté que je n'avais pas pour l'instant les moyens de réfléchir. Et Bruce a déclaré me laisser un peu de temps, pour que je rassemble mes idées. Le café était prêt. J'en ai versé une tasse posée à sa place préférée, devant le réfrigérateur. Tippi s'était toujours occupée des repas de son père, et, certainement, ça devait être plus agréable avec elle. J'ai dit : Je suis désolé, Bruce. Il est resté debout dans l'encadrement de la porte. Je l'apercevais à contre-jour, ce qui ne m'empêchait pas de distinguer son polo lie-de-vin à rayures fines, sur une chemise à col marron. J'ai approché la tasse de café. Mon beau-père s'est servi en sucre, debout, puis je l'ai regardé remuer le café avec sa petite cuillère. Il a rompu le silence : Si tu espères tirer quelque bénéfice de la situation, Salvatore, tu te trompes. J'ai répondu que je n'espérais rien, au contraire, demain je retournerais au travail, comme d'habitude, et rien ne changerait. Il m'a demandé, toujours sans s'asseoir, si je comptais rester ici, dans cette maison, désormais ? J'ai repris la cafetière, pour me servir à mon tour : Pourquoi je m'en irais, Bruce ? Tu me prends pour qui ? J'ai précisé : La moitié de la maison me revient, en cas de décès, c'est écrit et signé sur le contrat de mariage. Bruce a porté la tasse à ses lèvres, il est resté silencieux. Je lui ai demandé ce qu'il en pensait, lui, de son côté ?

Ça le dérangeait de donner son avis. Pour l'instant, il réfléchissait à la situation. Tout ce qu'il avait à dire, c'est que ça prendrait du temps de tout remettre en ordre, ici, et dans l'entreprise. Il a voulu savoir ensuite si je me sentais capable de continuer sans Tippi, dans le sens où, en principe, c'était sa fille qui s'occupait de tout, du ménage mais aussi de l'entreprise.

Demain, je surveille le chantier de désamiantage, du côté de Palmdale, mais, toi… Bruce… tu as bien parlé avec la police, n'est-ce pas ? Dans ce cas, tu as dû leur en raconter des histoires… Et mon beau-père a retourné la question : Qu'avais-je dit, de mon côté, à l'inspecteur ? Ce que j'ai interprété – sachant qu'il avait toujours des ennuis avec le fisc, et qu'il détestait en parler – comme un avertissement de la part de Bruce : je n'avais pas à me mêler de ses affaires, surtout avec la police. Les paroles de l'inspecteur, la veille, ont résonné à ce moment-là, mot à mot : c'était peut-être un simple accident, mais il ne négligeait pas la piste criminelle. J'ai répondu, ce n'est pas de moi que je parle, mais de toi, Bruce. Il a reposé sa tasse.

Mon beau-père a quitté la cuisine. C'était le premier jour sans sa fille. Je l'ai entendu dire qu'il faudrait s'y habituer. Mais, soyons clairs,

Salvatore, m'a-t-il averti en prenant le chemin de son garage, la disparition de ta femme, tu ne pourras pas en profiter. Je lis dans tes pensées, a-t-il poursuivi, et je sais tes ambitions. Ses menaces n'étaient pas faites pour m'étonner. J'imaginais facilement Bruce me mettre en difficulté dans l'entreprise. D'autant que je l'avais imprudemment annoncé à l'équipe de désamiantage, lors d'une pause sur un chantier de démolition : un jour ou l'autre, j'accéderais à un poste de dirigeant.

Mais Bruce était dans l'erreur, et il ne le savait pas. Il ignorait qu'avant toute chose, c'était la disparition de Tippi qui me touchait. Je ressentais son absence comme une plaie à vif, et j'étais bien incapable, en cette période, de la moindre initiative. J'aurais dû signaler ce point à mon beau-père avant qu'il ne quitte la pièce. Malgré cela, je suis resté silencieux en le regardant partir. C'est à elle que je pensais, sans cesse. Car c'est un fait : j'aimais Tippi.

4

La voiture de Bruce ayant quitté le garage, j'ai opéré une fouille du secrétaire de Tippi, dans sa chambre. J'en ai profité pour introduire mes effets personnels, ainsi que mes affaires de toilette, pour masquer notre séparation, en cas de visite inopportune de la police. Depuis plus de six mois, nous ne dormions plus ensemble, mais ça ne regardait personne.

M'est venu ensuite à l'esprit que je devais effacer le dernier message de ma femme sur le répondeur du téléphone fixe, celui où Tippi, perdant son sang-froid, avait usé d'un vocabulaire désagréable à mon endroit. Ça me faisait encore beaucoup de peine de revivre en pensée les insultes prononcées par Tippi.

Je lui avais dit, de mon côté, en quelque occasion : Un jour, s'il le fallait, et s'il me poussait dans mes retranchements, j'en viendrais aux mains avec Bruce. Et je me suis souvenu : le soir même, lors d'une discussion orageuse, Tippi avait répondu que, si son père me traitait comme un moins que rien, c'était parce que je n'étais pas à la hauteur.

5

Costa m'attendait devant la porte de son bureau, un gobelet à la main. Il s'est précipité à ma rencontre. Vous avez eu raison de venir, monsieur Meyer. Et, de nouveau, il a voulu me rassurer : Cette convocation, c'était la routine dans ce genre d'affaire.

En fait, je devais me rendre, pour le compte de l'entreprise, dans une usine en démolition, au sud de Santa Clarita. Le bureau de police se trouvait sur ma route, c'était une chance. Le plus souvent, ai-je précisé, je ne suis pas au bureau, mais sur les chantiers. Je lui ai montré, parce qu'il me posait la question, les points de destruction industrielle dans le bassin de Santa Clarita, comté de Los Angeles, en les désignant sur une carte du secteur, que j'ai dépliée sous ses yeux. J'ai indiqué aussi nos principaux fournisseurs en matériel de sécurité sur la côte. L'inspecteur m'a écouté avec attention.

… Et vous comptez vivre comment, désormais… ? a-t-il demandé à brûle-pourpoint, s'installant derrière son bureau, et m'invitant à m'asseoir. Je ne m'attendais pas à une question aussi personnelle. J'ai répondu que je verrais avec le temps. En attendant, je ne changerais pas mon mode de vie. Mais, je vous vois venir, inspecteur, vous êtes en train de vous imaginer que je roule sur l'or. Son siège a grincé. Il a levé les mains pour signifier, à son corps défendant : Loin de moi cette idée, monsieur Meyer… ! Sachez, ai-je poursuivi, que je n'ai plus rien, parce que, figurez-vous, rien ne m'appartient. La moitié de la maison, vous savez, ce n'est pas grand-chose. Je ne vous en demandais pas tant, a-t-il souri avec politesse, comme s'il venait de commettre une indiscrétion. Et puis, ai-je repris, vous m'aviez dit que je serais autorisé à me rendre dans le service médico-légal. Je dois être accompagné, n'est-ce pas ? Il vous faut reconnaître le corps, c'est la loi. Nous n'allons donc pas tarder. Mais, d'abord, j'ai besoin d'éclaircir la situation après ce dramatique accident.

Il m'a paru, à cet instant, utile de rappeler à Costa que, dans la juste logique des choses, j'avais déjà fourni pas mal d'informations : il m'avait interrogé la veille, j'avais répondu à toutes les questions, preuve que je n'avais évidemment rien à cacher. J'ai déjà mon beau-père sur le dos, tout juste s'il ne me rend pas responsable de la mort. C'est difficile à supporter, vous savez.

L'inspecteur m'a demandé à ce propos si, déjà, auparavant, je ne me sentais pas un peu seul, si ce n'était pas difficile, entre nous, monsieur Meyer, de vivre comme vous l'avez fait, tous les jours, je veux dire, entre votre beau-père et votre femme ? Mais, vous savez, inspecteur, je n'ai jamais connu personne avant Tippi. Et elle, de son côté, a toujours tenu à sa présence. Alors, c'est comme ça. On se supporte, lui et moi.

Il s'est enfoncé dans son siège : Vous parlez de Bruce Cazale, son père, j'ai bien compris, et c'est pourquoi je vous interroge. Mais… pour tout vous dire, monsieur Meyer, je me demandais réellement comment vous faisiez pour l'accepter dans votre foyer. C'est assez étonnant. On dit… il se dit dans le quartier, dans l'entreprise de démolition industrielle, que vous entretenez cependant d'excellents rapports. Vu de l'extérieur. Jamais un mot plus haut que l'autre. Et certains déclarent que vous, personnellement, vivez largement au-dessus de vos moyens, grâce à l'argent de votre beau-père. Certes, ce sont des rumeurs, et ça n'a certainement aucun fondement…

Je lui ai demandé si c'était pour cela qu'il m'avait appelé, la veille au téléphone : une simple formalité ? Il a souri : Je n'incrimine personne, surtout pas vous, monsieur Meyer. Et j'ai regardé autour de moi, découvrant enfin le bureau de Costa, le calendrier mural, le plan du secteur relevant de sa juridiction, des photos de suspects rassemblées au mur dans un coin, des portraits-robots noir et blanc, me rendant compte que, depuis le début de l'entretien, je n'avais pas bougé d'un centimètre sur mon siège.

Sur un ton discret, comme quelque chose qui s'effacerait instantanément, il m'a rappelé avec naturel que, jusqu'à présent, j'avais accepté pas mal de choses de la part de Tippi, et, selon lui, je ne m'en portais pas plus mal. Sur le même ton, enjoué, j'ai répondu : Ah oui, vous voulez dire : ma femme sortait beaucoup… ? je suis d'accord, mais… c'était entendu entre nous. Ensuite, je n'ai plus rien dit. Il a longuement hésité, me dévisageant. Puis : Vous pensez que votre femme… avec toutes ces sorties… ? ne mettait pas votre couple en danger… ?

Dites, inspecteur, vous l'aviez déjà rencontrée, Tippi ? Ça vous est déjà arrivé de contempler une belle femme de près ? Non, malheureusement, et croyez que je le regrette, mais j'ai regardé les photos, votre épouse, cela est vrai, était pleine de charme... écoutez, monsieur Meyer, vous m'êtes très sympathique, mais je crois percevoir chez vous certaines failles. J'ai quand même le sentiment, passez-moi l'expression, que vous vous êtes fait avoir. Je ne sais pas, mais... on ne peut pas être aveugle à ce point. Je parle de Tippi, uniquement d'elle, et vous êtes là, à me narrer l'histoire d'un couple idéal, du cadre moyen, qui vit heureux dans sa belle villa avec piscine, sans souci aucun, ni d'argent, ni de couple. Voilà ce que je veux dire ! J'ai l'impression qu'il y a deux personnalités en vous, monsieur Meyer : celle qui apparaît quand vous me racontez votre quotidien, combien vous aimez votre femme. Et, de l'autre côté, pardonnez-moi, j'aperçois une blonde platine, c'est le mot qu'il m'est arrivé d'entendre quand j'ai interrogé les habitués de l'établissement, un night-club que vous fréquentez tous les samedis, le Saïgon, où votre femme adore danser et jouer au billard. Les clients du bar de Donovan disent la même chose. Tous m'ont parlé des sorties de Tippi Meyer, de ses retours nocturnes, de ses absences, nombreuses, de votre solitude, et puis – c'est encore cela qui m'inquiéterait le plus – de ses fréquentations masculines.

Les clients du Saïgon sont plus bavards que vos rares voisins, si j'excepte une maison sur un terrain mitoyen. J'ai réagi : Quels voisins ? Ou plutôt : La voisine du haut ? Oui, la femme qui vit seule, elle dit avoir assisté à une dispute, entre vous et votre épouse.

Arrêtez ! Je vous l'ai déjà dit, inspecteur, je vois à quelle dispute la voisine a fait allusion : on s'est querellés l'autre soir, cela est vrai, mais ça n'a pas duré, disons que ça peut arriver, c'est souvent comme ça dans les couples. Chez nous, en tout cas. On a des mots. Regard amusé de Costa : Ce n'est pas ce qu'affirme votre voisine. Elle, elle dit que c'était plutôt violent, de la part de votre femme... J'ai reconnu alors que, parfois, c'était difficile avec Tippi : Vous n'avez peut-être pas tort, inspecteur. Il a continué : ... Cette femme a déclaré que, depuis quelques mois, vous dormez dans la pièce à côté du garage, aménagée en chambre à coucher. Décidément, l'ai-je repris, elle en sait des choses, cette voisine ! Mais n'exagérons pas, tout ça, c'est venu quand j'ai commencé à nourrir des soupçons, voilà ! Dans ce cas, autant tout vous dire. L'inspecteur a hoché la tête, en signe d'acquiescement : Vous parlez des sorties nocturnes de votre femme ? c'est bien cela ? Oui, si vous voulez. Moi, je vais vous dire le plus grave, ce que je n'ai jamais pu prouver devant mon beau-père : Kowalzki, l'assureur de la Pacific, et elle... vous voyez.

6

À mon retour de l'Institut médico-légal en compagnie de Costa, où je me suis recueilli devant le seul visage de Tippi, car n'apparaissait pas, sous l'enveloppe de la housse plastifiée, le reste de son corps, Bruce m'a demandé de l'accompagner sur le lieu de l'accident.

Il avait du mal à conduire depuis sa dernière opération : sa jambe droite le faisait souffrir, une ancienne blessure, qui se rappelait à lui, comme il le disait souvent. Il m'a indiqué l'articulation du genou, en se glissant sur le siège passager : un éclat de grenade, l'explosion avait eu lieu dans une rizière. Mon beau-père a ajouté que je pouvais lui servir de chauffeur, au moins je serais utile à quelque chose.

On a fait halte devant le bar de Donovan, proche de l'accident. Du bord de la route, en face de l'établissement, on surplombait, au fond du ravin, l'ancienne piste indienne. Cette piste suivait le lit du ruisseau, à sec en été. Un panneau métallique de l'office du tourisme, planté au bord de la route, donnait quelques indications. Bruce a décrété qu'il avait besoin de boire quelque chose, et je suis parti lui chercher une bière glacée à l'intérieur. Mon beau-père a vidé tranquillement la bouteille, par petites gorgées, en contemplant le précipice, sans dire un seul mot sur sa fille.

Déjà, sur la route, Bruce m'avait servi sa mauvaise humeur : il ne savait plus, depuis la mort de Tippi, par quoi commencer sa journée, ni la finir. Il fallait comprendre par-là, vu le ton de reproche, que c'était de ma faute. Je n'ai rien dit, cependant. Et, sur le talus, face au vide : pas le moindre commentaire non plus. Constatant mon absence de réaction, il a lancé en tourbillon la bouteille vide, sans quitter des yeux sa trajectoire courbe et sa chute, quand elle a volé en éclats contre une arête rocheuse.

Tout ce qu'il est parvenu à dire pendant les cinq premières minutes, le regard tourné vers le lieu du drame : C'est fréquent les sorties de route ! Mon avis était qu'il se fabriquait une raison acceptable pour expliquer la mort de Tippi. Sa logique, je la connaissais : étant donné que les accidents étaient fréquents sur cette section du réseau routier, pratiquement une fois par semaine, il était normal, selon lui, que ça arrive à Tippi, qui empruntait très souvent ce trajet. C'était écrit, personne ne pouvait y échapper. Il le savait, Bruce. Par contre, ça ne lui venait même pas à l'esprit que sa fille roulait à grande vitesse sur une route dangereuse. Je le lui ai dit. Là, il m'a répondu que mieux valait se taire, et qu'il avait mal à la jambe.

On apercevait les lacets de la chaussée, loin à l'horizon, signalés par les lignes blanches discontinues sur l'asphalte. Il a dit qu'à son avis, ça m'arrangeait, cet accident, j'étais bien débarrassé. Ça lui est venu comme ça, comme si, moi, j'étais responsable de la mort de Tippi. Et d'abord, de qui et de quoi étais-je censé être débarrassé ? Je l'ai laissé déblatérer avant de l'interrompre : Je pensais, Bruce, qu'on allait sur le lieu où ta fille a perdu la vie, et là, maintenant, on est devant le bar de Donovan, plantés au bord du canyon, et ça me fatigue de t'entendre raconter tes histoires. Ta fille a défoncé la rambarde, plus haut, à deux cents mètres d'ici, alors, tu peux te taire. Bruce n'aimait pas que je m'adresse à lui sur ce ton.

Reculant d'un pas, de crainte que le sol ne se dérobe sous lui, il a continué de m'agresser, quitte à inventer : Plus de femme à la maison, Salvatore, c'est un avantage pour toi. Comme si perdre Tippi constituait un avantage ! J'ai haussé les épaules, répondu avec un temps de décalage, car je réfléchissais au fait que Bruce avait des réactions imprévisibles. Il pouvait user de violence, ça ne le dérangeait pas, avec sa fille aussi, mais en mon absence. Et j'étais censé ne rien savoir. C'est Tippi qui me parlait de lui.

Toujours au bord du précipice, à côté de Bruce, j'ai déclaré que c'était aussi difficile pour moi, la mort de Tippi. Mais aucune réaction de sa part. Par contre, il a continué à accuser, mais en changeant de cible. Il soupçonnait le dénommé Kowalzki. Ce dernier avait, selon lui, première nouvelle, tenté de soutirer de l'argent à sa fille. Mon beau-père était prêt à engager un détective privé, mais il n'avait trouvé aucune preuve justifiant pour l'instant de s'adresser à une agence. D'ailleurs, Bruce était habitué à régler ses affaires tout seul, en famille, et sa famille était nombreuse, même si personne, pratiquement, n'en connaissait les membres. De ce point de vue, il n'avait pas besoin d'aide : C'est les yeux dans les yeux que je règle mes comptes, si nécessaire, a-t-il dit… quand je le juge utile. Et j'ai compris que mieux vaudrait lui apporter une autre bière glacée.

Et quand je suis revenu, bouteille à la main, pour le rejoindre au bord du talus, le parking du bar de Donovan commençant à se remplir, mon beau-père était toujours là, debout, face au vide, et son humeur n'avait pas faibli.

En fait, a-t-il repris, comme si je ne m'étais pas absenté, donc sans tourner un minimum la tête vers moi, c'est plutôt Tippi qui aurait emprunté de l'argent à Kowalzki. Et, progressivement, il en est venu à me demander si je ne me serais pas arrangé pour l'accident, avec quelqu'un de mes relations, un ouvrier du désamiantage, par exemple. Alors, j'ai compris avec plus d'intensité qu'il me soupçonnait, et pas Kowalzki. En fait, Bruce était persuadé que j'avais combiné quelque chose, mais quoi ? il ne le savait pas, et il ignorait avec qui. Je lui ai répondu qu'il pourrait chercher longtemps, il ne trouverait jamais, parce que, fallait-il le préciser ? je ne tirais aucun bénéfice de la mort de sa fille. C'est là qu'il m'a indiqué le montant de la prime d'assurance-vie, et ça m'a beaucoup amusé. Je lui ai répondu : La preuve que je ne suis pour rien dans ce que je considère comme un accident, c'est que le contrat d'assurance-vie indiquant le bénéficiaire est à ton nom à toi, avec ta signature, pas au mien. T'inquiète pas, Bruce, je l'ai étudié, ce contrat. Que la prime lui revienne constituait d'ailleurs une injustice dans la mesure où j'avais pourtant, dès le début de notre union, participé aux dépenses du ménage.

Selon Bruce, ce problème n'existait pas. C'était tellement évident qu'il ne posait même pas la question. Et nous sommes descendus, malgré sa jambe endolorie, dans le fond de la gorge, mais par un détour, là où la pente était la moins forte, sur un trajet praticable. Il y avait même un sentier, qui longeait la crête, disparaissait en pente douce derrière les rocailles et les cactus. De là, après avoir contourné les blocs rocheux, ce qui prenait un certain temps, il suffisait de remonter le lit du ruisseau. J'ai choisi l'endroit le moins escarpé, à cause de sa jambe, mais aussi j'avais envie de lui demander : Était-ce mieux ou pire que l'humidité des forêts tropicales, et l'eau des rizières ?

J'ai atteint l'endroit où la voiture avait terminé sa chute. En attendant Bruce, qui marchait encore loin derrière, j'ai contemplé les blocs de granit sous le soleil. Des traces d'huile de moteur brillaient toujours, irisées, dans le creux des roches. On sentait encore l'odeur du caoutchouc brûlé. Bruce m'a rejoint. Il a levé les yeux, puis remis son chapeau après s'être épongé le front : il n'y croyait pas. Je lui ai demandé à quoi il ne croyait pas. Mon beau-père a haussé les épaules, mains sur ses hanches, dos cambré, en sueur, reprenant son souffle, contemplant ses bottines à bout pointu. J'ai dit, c'était sa fille qui avait fait un excès de vitesse, rien d'autre. S'il avait des doutes, il pouvait toujours, après tout, si ça te chante, Bruce, embaucher un détective, user des services d'un membre de ta famille, qui ferait le travail de l'inspecteur Costa.

Nous avons remonté la pente une heure plus tard, en empruntant un autre chemin, en zigzag, moins abrupt, mais beaucoup plus long. On longeait, tout au fond de la gorge, des pièces mécaniques de voitures accidentées, mais aussi des carcasses en émail d'appareils ménagers, des programmateurs de sèche-linge aux fils dénudés, sous la poussière, des moteurs de lave-vaisselle, des meubles de cuisine déchiquetés, entassés parmi les gravats.

7

Devant le bar, Costa, appuyé contre l'enseigne métallique de l'office du tourisme, discutait avec un collègue en uniforme. Il avait aperçu ma voiture, et il nous attendait. Il l'a dit en traversant la route, puis il a voulu prêter main-forte à mon beau-père. Bruce escaladait le talus avec difficulté, à la recherche d'un dernier appui. Il a refusé l'aide du policier, affirmant que tout allait bien. Une vraie promenade. Il a mentionné, peut-être pour détourner l'attention de l'inspecteur, que, dans le fond du ravin, il avait aperçu un serpent à sonnette, et que ce n'était pas bon signe. Pour ma part, je n'avais rien remarqué.

Me prenant à l'écart, tandis que Bruce entrait se désaltérer dans le bar, de sa démarche claudicante, l'inspecteur a voulu savoir ce qui était arrivé à mon beau-père. Rien de très grave, ai-je expliqué : Ça revient de temps en temps, puis, reprenant la version de Bruce : Une ancienne blessure, un éclat de grenade, dans une rizière.

Mais Costa avait plus important : une discussion avec Kowalzki. C'est pourquoi il nous avait attendus sur le parking. Il a ajouté, l'air soucieux, que, comme il l'avait déjà supposé, l'affaire était loin d'être réglée. Il avait inspecté l'état de la glissière, ou ce qu'il en restait. Il n'en avait rien retenu, sinon une observation consignée dans son carnet : peut-être, on aurait pu observer que les écrous de maintien n'étaient pas très solidement fixés. Pour l'instant, a-t-il ajouté, j'attends le compte rendu de l'expertise, mais, encore une fois, je n'accuse personne. J'ai seulement dans l'idée qu'on aurait pu trafiquer les écrous. Qui ? Je l'ignore, évidemment.

Peut-être Costa s'attendait-il à une réaction de ma part. Mais rien, pas même le battement d'une paupière. Il a continué : Donovan m'a dit que vous êtes restés longtemps, votre beau-père et vous, face au ravin, mais n'auriez-vous pas préféré retourner seul là où votre femme a perdu la vie ? Cette fois, j'ai répondu : Non, inspecteur, mon beau-père souhaitait se rendre sur les lieux du drame, s'y recueillir. Que puis-je vous dire de plus ? Soyons francs, monsieur Meyer, un accident comme celui-ci, c'est fréquent, la route est dangereuse, particulièrement à cet endroit, mais si on replace l'embardée de madame Meyer dans son contexte, on peut se poser des questions.

Comme allant de soi, de retour sur le sujet de l'entreprise, il m'a demandé si je conserverais mon poste de surveillant de chantier. J'ai répondu que j'en avais l'intention, mais avec une réserve : Il me fallait mettre le plus de distance possible entre Bruce et moi. Vous comprenez, monsieur l'inspecteur, mon beau-père, parfois, me mène la vie dure. Le policier a hoché la tête, signe qu'il comprenait ma situation.

Cependant, et il l'a signalé, Costa s'interrogeait toujours sur les agissements de Kowalzki. Il a dit, sur un ton embarrassé : Si l'amant de votre femme n'était pas assureur, je crois que je demanderais au juge de laisser tomber les recherches, et de classer l'affaire. Mais il y a que Kowalzki est agent de la Pacific, or, le contrat d'assurance sur la vie a été passé avec cette compagnie, et vous, monsieur Meyer, j'ai l'impression que vous en savez plus que vous ne dites. À la limite, parfois, il me semble que vous le couvrez, alors ça me pose question.

Je vous arrête tout de suite, inspecteur ! Je ne couvre personne. Je dis seulement ceci : Je me doutais depuis un moment que ma femme me trompait. Je vous en ai touché un mot dans votre bureau, ce matin même. Mais, je peux être plus précis : j'ai su qui était son amant il y a six mois. Alors, puisque nous en sommes là, autant l'avouer, je ne souhaitais pas que vous soyez au courant, et si je ne vous ai rien dit jusqu'à aujourd'hui, eh bien, c'est que ça ne regarde que moi… et Tippi. Mais, elle, c'est trop tard.

Alors… parlez-moi de votre relation avec Kowalzki.

Si vous voulez tout savoir, inspecteur… dans ce cas… : un jour, j'ai suivi Tippi. Elle était censée se rendre dans l'entreprise mais, à l'entrée de Santa Clarita, elle a tourné dans la direction opposée. Sa voiture s'est garée le long d'un trottoir, dans une rue transversale, loin du centre. Ma voix s'est enrouée. L'inspecteur m'a dit : Continuez, s'il vous plaît, monsieur Meyer. J'ai poursuivi, avec difficulté, car ma découverte de la liaison entre Tippi et Kowalzki était un mauvais souvenir : Tippi est donc sortie de voiture… L'inspecteur m'a de nouveau encouragé : Il n'y a pas de honte, monsieur Meyer, allez-y… ! C'était la première fois, ce jour-là, que j'apercevais Kowalzki. J'ignorais tout de lui. Mais que dire d'autre ? Tippi a rejoint son amant. Ils ont pénétré dans le hall d'un immeuble proche. Mais je ne les ai pas suivis. J'ai patienté devant la voiture de Tippi.

Trois heures plus tard, ma femme est apparue au coin de la rue. Elle marchait d'un pas tranquille, son sac à l'épaule. Je me suis mis en retrait, derrière une vitrine, je l'ai regardée partir. Mais, dès mon retour dans l'entreprise, j'ai informé mon beau-père que sa fille se promenait dans les rues de Santa Clarita avec un inconnu. Il a réfléchi un instant, ensuite, il m'a traité d'incapable.

Et puis, le soir est venu. Nous avons dîné tous les deux, Tippi et moi. Bruce n'avait pas faim, il regardait la télévision dans sa chambre, un reportage sur la guerre en Syrie. Je n'ai pas parlé à Tippi de ma découverte à Santa Clarita. De fait, nous avons conversé plus calmement que d'habitude. Tippi paraissait détendue. Et moi, le souvenir de sa silhouette élégante, son ombre portée sur le mur blanc de l'immeuble qu'elle a longé au retour, ne cessaient de me hanter. Mais voilà, elle était de bonne humeur, ce n'était pas le moment de la contrarier. Je me suis dit qu'en lui posant des questions, je briserais quelque chose de précieux. À cet instant, je ne souhaitais qu'une chose, vivre avec Tippi. Jusqu'à la fin de mes jours. Tippi et personne d'autre, pour l'amour du ciel.

8

Costa est resté longtemps silencieux. À la fin, il m'a invité, d'un geste, à marcher en bordure de route. Il m'a demandé si j'étais certain d'avoir tout dit. Il avait, lui, de son côté, ce qui confirmait mes dires, des preuves qu'en effet, tout n'allait pas très bien entre Tippi et moi, et je l'ai interrompu : Quoi... ? encore la voisine ?

Ignorant ma réplique, il a déclaré avoir reçu de nouvelles informations. En fait, il s'interrogeait sur un point, qui lui paraissait bizarre... À propos de Tippi, voilà, monsieur Meyer. Il ne voulait pas mettre en doute le comportement de ma femme vis-à-vis de son père, mais ses collaborateurs avaient mené leur enquête : c'était plutôt moi qui allais voir Bruce à l'hôpital, quand il s'était fait réopérer de la jambe. Je m'en suis d'abord défendu, mais il a insisté : Presque toujours, c'était vous. Neuf fois sur dix. Alors, j'ai résisté : C'était parce que Bruce continuait de gérer les affaires de son lit, il avait la signature. J'apportais les documents. Et Tippi restait à l'entreprise, elle s'occupait de la partie commerciale. Rien de plus.

Et j'ai demandé quand l'instruction serait close. Tout me paraissait si pénible. Encore quelques petites choses à régler, a-t-il répondu, puis, s'adressant à moi par mon prénom : Vous voyez, Salvatore, je n'en ai encore pas terminé avec l'amant de votre femme, mais une chose est sûre, je ne veux rien laisser de côté.

Et c'est à cet instant que Costa m'a parlé du collier de perles. Il avait revu Kowalzki, après sa déposition, pour lui demander s'il n'avait rien omis de sa relation avec Tippi, aussi de sa relation avec moi, et Kowalzki avait évoqué ce collier. Pour en dire quoi ? Mystère. Du moins, Costa s'est contenté de mentionner le fait, et je l'ai interrompu : il y avait plus important que ce bijou, c'était les relations d'affaires entre Bruce et Kowalzki. Ils devaient gérer une compagnie minière au Canada, très loin d'ici, tous les deux, quelque chose dans le genre.

Costa a reconnu qu'il y verrait un peu plus clair quand il aurait recueilli davantage de renseignements. Mais il n'en démordait pas. Selon lui, Kowalzki avait certainement quelque chose à gagner dans l'affaire. L'inspecteur reviendrait plus tard là-dessus, s'il trouvait d'autres indices.

Mais, ce n'est pas de cela que je parlais, a-t-il dit, en me regardant cette fois dans les yeux, c'est du collier. Vous êtes au courant… ? Et j'ai répondu : Oui, je crois savoir de quoi vous parlez. J'ignore ce que Kowalzki a pu vous raconter, cependant, si vous y tenez, je peux vous dire que Tippi possédait en effet un collier de perles de culture, offert par son père. Elle y tenait beaucoup. Voilà ! que dire d'autre ? Ça m'a agacé, cette manie qu'avait l'inspecteur de fureter partout. Qu'importe ce collier, franchement… ! face à la mort de ma femme.

Ça n'a pas ralenti Costa dans sa réflexion. C'était encore, selon lui, un de ces multiples détails à vérifier, qui donnait du travail à son équipe. J'ai alors souligné le fait qu'il fallait se méfier de Kowalzki. Il m'a demandé si j'avais des raisons personnelles de lui en vouloir, outre ceci, qu'il avait été l'amant de ma femme, et j'ai répondu : Amant, c'est déjà pas si mal, non… ?

Ensuite, nous avons repris le chemin du bar de Donovan. Je pensais à Tippi, alors je me suis tu, et je crois que Costa a respecté mon silence. Et puis, un peu plus tard, à quelques mètres de la terrasse, devant le bar où Bruce patientait tranquillement, l'inspecteur m'a demandé si j'en avais gros sur le cœur et si je tiendrais le coup, et j'ai dit que ça irait. Il a répondu : Il faudra attendre l'enterrement, dans quelques jours, ensuite, vous y verrez plus clair, monsieur Meyer.

9

Costa a quitté le parking dans sa voiture conduite par son adjoint, et je me suis assis à la table de Bruce. Il avait pris place sous un parasol, à l'extérieur du bar, et Donovan lui servait une bière glacée. Sa jambe allait mieux, il la sentait moins raide, mais un jour ou l'autre, il aurait besoin d'une canne. C'est ce qui m'inquiète, a-t-il déploré, le temps de deux à trois pas sur la terrasse, pour tester son articulation du genou. Je suis resté assis, il parlait tout seul, sans me regarder, comme si je n'étais pas là. C'était son habitude.

Pour ma part, j'étais troublé par ce qu'il avait prétendu trois heures plus tôt : l'intérêt que j'aurais eu à me débarrasser de Tippi. Il ne savait pas encore pourquoi exactement, mais il en était persuadé. Ce qui établissait le doute, j'en avais la conviction, était cette histoire de Santa Clarita, que je lui avais rapportée. Cet épisode avait dû le marquer, car il en était encore à me dire, sous le parasol du bar, qu'il avait appris beaucoup de choses, ce jour-là. Il m'a alors reproché, non de suivre ma femme, mais d'avoir attendu aussi longtemps devant sa voiture. Trois heures ! Tu te rends compte, Salvatore, trois heures à attendre ta femme ? Et tu l'as laissée faire ? Tu n'as rien trouvé d'autre... ? J'ai répondu : Oui, Bruce, pour une fois, tu as raison, je l'ai suivie, et je n'ai rien dit. De ce point de vue, je me demande encore si c'était de n'avoir rien dit que Bruce m'en voulait à ce point.

10

Le soir de l'enterrement, dans une chapelle proche du caveau de la famille Cazale, décorée d'une grande photographie de Tippi, prise par son père lors d'un voyage à Santa Monica, Bruce s'est rendu en ville. Quant à moi, je suis resté seul à la maison, assis devant la porte du garage. La voisine, Gladys Lamarr, était là aussi. Son chien, un lévrier arabe, allait et venait le long des haies. On percevait le contact de ses griffes sur les allées en pierre.

Puis, le moteur d'une voiture, et la voix de Costa. Le chien n'a pas aboyé. J'en ai déduit que l'animal connaissait l'inspecteur. Celui-ci s'était donc rendu, au moins une fois, au domicile de Gladys Lamarr, au lieu de la convoquer, pour l'interroger, elle aussi. J'ai observé le mouvement de leurs silhouettes à travers la haie. Le chien précédait le policier, sorti de sa voiture, qui gravissait l'allée en direction de la cuisine, et Gladys venait à sa rencontre.

Costa est resté un moment chez la voisine. Mais, pour avoir appris à le connaître, je savais que l'inspecteur ne tarderait pas. J'ai donc attendu. Par ailleurs, ça tombait bien, car Bruce était chez son masseur au centre de balnéothérapie, et ça m'arrangeait qu'il n'assiste pas à notre conversation. Costa s'est présenté une heure plus tard. Il s'est dit porteur de bonnes nouvelles, car l'enquête avançait. Par petites étapes, certes, mais elle avançait. Il a évoqué un nouvel entretien, qu'il a qualifié de sérieux, avec Kowalzki, d'abord dans le bureau de ce dernier, à l'agence Pacific, ensuite au poste de police.

Costa se posait des questions au sujet de l'assureur, et je me suis bien gardé de la moindre remarque. Ça ne m'aurait pas déplu, en effet, que l'amant de ma femme rencontre des ennuis avec la police. Ce serait, me suis-je dit, un juste retour des choses.

Le chien de Gladys Lamarr s'est frayé, comme à son habitude, un passage à travers la haie de séparation de nos deux propriétés, en rampant sous les massifs de fleurs, puis il m'a rejoint devant la porte du garage, pour se placer au pied de Costa, en poussant des gémissements de satisfaction, preuve supplémentaire qu'ils étaient devenus familiers, tous les deux. Voire tous les trois. J'ai demandé à l'inspecteur s'il avait du nouveau concernant le collier, dont je me suis souvenu à cet instant.

Justement, a-t-il répondu, quelque chose clochait dans les déclarations de Kowalzki, quelque chose qui me chiffonne, vous voyez, monsieur Meyer. Plus j'y pense… ! Je comprends, d'après ce qu'il m'a dit, pourquoi l'assureur de la Pacific est arrivé si vite sur les lieux de l'accident, mais j'ai du mal à croire à toutes ses explications.

Concernant Kowalzki, je savais ce qu'il fallait croire et ne pas croire, mais je n'ai rien dit, là non plus. Costa n'a pas refusé la bière que je lui ai tendue, sortie du réfrigérateur, le temps d'un rapide aller-retour de ma part dans la cuisine. J'ai vu son geste de prendre la bouteille comme une marque de confiance. Ensuite, il m'a demandé si je serais d'accord pour que Gladys – il l'a appelée par son prénom – nous rejoigne. Quelques minutes, si vous permettez, monsieur Meyer, je voudrais lui poser une ou deux questions, devant vous. Et comme je n'y voyais aucun inconvénient, il s'est tourné vers ma voisine, qui patientait au pied de mon arbre de Judée, devant la grille. En fait, ai-je tempéré, je connaissais Gladys Lamarr depuis peu, disons que je ne m'étais jamais véritablement intéressé à son voisinage. En outre, elle et Tippi ne se parlaient presque jamais. Néanmoins, si ça vous paraît utile, inspecteur, pourquoi pas ? D'après lui, ça pouvait aider. Il m'est apparu alors que je devais me montrer conciliant.

Aussitôt, il a invité Gladys à nous rejoindre, et le chien s'est faufilé à l'intérieur du garage. Je me suis demandé si je ne commettais pas une erreur de laisser entrer la voisine. Le lévrier a d'abord fureté dans les recoins, parmi mes rangements d'outils de jardinage et de pots de peinture, puis il est venu se replacer devant Costa, qui réfléchissait en sirotant sa bière. L'inspecteur s'est d'abord concentré sur la bouteille, qu'il a tournée entre ses mains, pour en faire disparaître la buée, l'air soucieux. Il a toussoté, remercié la voisine de sa disponibilité. Enfin, il a expliqué pourquoi il souhaitait sa présence : elle lui avait fait une remarque, et cette remarque, il souhaitait que je l'entende à mon tour. Alors, il a demandé à Gladys si elle pouvait répéter, devant moi, ce qu'elle avait retenu de particulier, la veille au soir de l'accident. La voisine a déclaré que c'était comme tous les samedis : le week-end, Tippi et moi, nous sortions souvent.

C'était bien observé, mais, à mon avis, ça ne changeait pas grand-chose. J'ai demandé quel était le rapport avec Kowalzki, puisque c'est de lui qu'il était question, au début ? Gladys a repris, ignorant ma remarque : Le soir tombait. La voisine goûtait à la fraîcheur de son jardin, qui surplombe notre cour. Elle a donc eu le temps, en coupant les fleurs fanées de son magnolia, d'observer Tippi, sur le départ, restée un certain temps dans ma voiture, à fumer cigarette sur cigarette, l'air soucieux… Puis, Gladys s'est arrêtée de parler.

Dites ce que vous avez remarqué, madame Lamarr ! l'a-t-il incitée à poursuivre. Et Gladys a repris : … Chaque samedi, quand elle sortait, Tippi portait son collier de perles. Rien de plus normal ! ai-je haussé les épaules, je vous l'ai dit l'autre jour, mais je peux préciser : ce collier a d'abord appartenu à la mère de Tippi, qui, comme vous le savez, n'habite pas ici, mais en Floride.

La voisine a enchaîné, sans hésitation cette fois, parlant du couple que nous formions, Tippi et moi, comme si je n'étais pas là : Ce jour-là, madame Meyer avait l'air agitée, elle a donné un coup de klaxon en se penchant, côté conducteur, comme un rappel à l'ordre. Apparemment, son mari mettait du temps à se préparer. Après plusieurs minutes, madame Meyer a noué son foulard, quitté la voiture, claqué la portière en signe de mauvaise humeur. Enfin, monsieur Meyer a descendu quatre à quatre les marches de l'entrée, dans un nouveau costume, en priant sa femme de se taire. Mais, ça a continué. Elle s'est élancée sur lui, elle l'a insulté, en le frappant au visage, et lui, du sang sur son col de chemise, il a tenté de l'apaiser en lui saisissant les poignets. Je me souviens, il lui disait : Calme-toi, enfin, ma chérie ! Mais qu'importe, les coups ont redoublé, et monsieur Meyer a déclaré : Regarde ce que tu as fait de ma belle chemise ! Ensuite il a dit qu'il fallait se mettre en route maintenant, dès qu'il se serait changé, sinon ils risquaient d'être en retard.

M'adressant à Costa, j'ai redit que c'était bien observé. La voisine venait de livrer une partie de mon intimité, et c'était très gênant, pour moi, et pour la mémoire de ma femme. Mais, me suis-je impatienté, je croyais qu'on parlerait de Kowalzki ?

On y arrive, monsieur Meyer, encore quelques petites minutes, a déclaré l'inspecteur. Simplement, une remarque : ce que dit madame Lamarr, c'est tout à fait le genre d'indice qui m'empêche de clore l'enquête. Alors, voilà, s'est-il adressé à Gladys : Jusqu'à présent, d'après ce que vous déclarez, chaque samedi soir, Tippi sort avec son collier, toujours ce même collier de perles… il m'a regardé… qui a de la valeur. Mais le problème est qu'on ne l'a pas retrouvé sur le corps de madamc Meyer.

Et j'ai réagi : Inutile d'aller plus loin ! Ma femme est morte, au volant de sa propre voiture. Que voulez-vous de plus… ?

Costa n'a pas bougé. Il regardait derrière mon épaule, un point indéterminé, dans le fond de mon garage, sans ciller. Ce qui me mettait mal à l'aise. Mais j'ai continué : … J'y peux quelque chose, moi ? si ma femme s'est tuée au volant de sa voiture, au petit matin, après notre retour à la maison ? J'y peux quoi, si elle est repartie seule ? sans prévenir, pendant que je dormais… ? À peine si je l'ai entendue démarrer !

Gladys m'a donné raison. Elle avait aussi perçu le bruit du moteur, mais elle ne s'était pas relevée, car il n'y avait là rien d'inhabituel, Tippi était capable de prendre sa voiture, de démarrer en trombe à n'importe quelle heure du jour et de la nuit.

… C'est tout ? a demandé Costa. Signe affirmatif de Gladys, caressant l'encolure de son chien. Le policier m'a regardé de nouveau : Mettons ce collier en retrait pour l'instant. J'ai des questions à vous poser, par rapport à cette sortie du samedi soir. Ensuite, nous en viendrons à Kowalzki. J'ai dit d'accord.

L'inspecteur a d'abord voulu savoir si j'étais resté tout le temps, ce soir-là, avec Tippi, au Saïgon, si elle avait joué au billard, comme d'habitude. Aussi, il m'a conseillé de bien me souvenir maintenant, parce que la suite de son enquête dépendait de ma réponse. Et je me suis creusé la tête pour reprendre, point par point, le déroulement de notre soirée, somme toute très habituel, à l'image de tous ces samedis soirs qui se terminent à quatre heures du matin, le dimanche avant l'aube, avec de l'alcool dans le sang et des embardées sur la route.

Une remarque, monsieur l'inspecteur, ai-je noté par précaution, Tippi est habituée à jouer au billard. Souvent elle se retrouve seule avec ses amis, et moi, je reste au comptoir. C'est pour nous habituel. Disons que ça ne nous choque pas. D'accord, c'est une précision, a-t-il commenté, vous l'avez donc laissée seule un moment ? J'ai dit qu'en effet, ma femme avait souhaité qu'on se sépare, elle voulait boire un verre avec des amis, au Saïgon. J'ai attendu, comme cela m'arrive souvent, dehors, pendant un certain temps, dans un coin du parking, à respirer l'air de la nuit. Je mets l'autoradio en sourdine, pour passer le temps. De plus, on avait fait une première halte dans le bar de Donovan et déjà, j'avais trop bu. Mais cet endroit où j'avais garé la voiture était aussi un excellent poste d'observation, au cas où il arriverait un ennui à Tippi, si absence de vigiles devant la porte. Et vous n'avez rien remarqué de spécial ? s'est inquiété Costa, je pose cette question parce que vous m'avez déclaré l'autre fois qu'il y avait quelque chose entre elle et Kowalzki. Vous ne l'avez pas vu, lui… ?

Je vous explique, monsieur l'inspecteur : quand ma femme disait qu'elle voulait boire un verre avec ses amis, c'était en réalité avec Kowalzki. Je n'étais pas dupe, vous pouvez me croire. Je savais aussi qu'ils s'absenteraient tous les deux, avec la voiture de Kowalzki, et je n'ai pas bougé de mon siège quand ils ont quitté le Saïgon. Leur absence a duré une bonne heure, peut-être deux. C'était souvent comme ça, Tippi, déjà, avant sa liaison avec Kowalzki, elle adorait s'amuser, jusque tard dans la nuit, se lancer dans des parties de billards interminables, passer un bon moment dans un night-club avec des copains. Fréquemment, je vous le redis, je l'ai attendue, seul au volant de ma voiture.

Attention à ce que vous déclarez maintenant, monsieur Meyer, a prévenu Costa, c'est fondamental. Vous êtes en train de me certifier que Kowalzki a pratiquement passé la nuit au Saïgon, qu'il était présent en début de soirée, qu'il a disparu une bonne heure, voire deux, avec votre femme, et qu'il est revenu. J'ai dit oui, je vous l'affirme, ça ne me fait pas plaisir de vous dire cela, monsieur l'inspecteur, mais effectivement, je le répète, ma femme est partie avec lui, ils se sont absentés, et j'ai attendu leur retour. Voilà ! Costa m'a repris : À leur retour devant le Saïgon, ils se sont séparés. Votre femme vous a rejoint, vous êtes revenus tous les deux à la maison, et elle est repartie au nouveau rendez-vous qu'ils s'étaient fixé, reste à savoir pourquoi, sans doute pour finir la nuit ensemble, sur le parking de Donovan, qu'elle n'a jamais atteint.

Je vous dis cela parce qu'il y a autre chose : lui, sa relation avec votre femme, il affirme que ce n'était pas une affaire sérieuse. Il a dit, quand je l'ai interrogé, c'est pour le plaisir. Elle était sa maîtresse occasionnelle, et il en restait là. Par contre, du point de vue de votre femme, ça ne se passait pas de la même façon. Elle, c'était du sérieux, et comme il ne voulait pas aller plus loin, elle menaçait de le dénoncer. En fait, son amante le faisait chanter. Depuis peu, elle avait l'intention de révéler leur liaison à sa femme. Car, savez-vous, il est marié, il a des enfants, et moi, je dois comprendre.

11

Maintenant, Costa savait : Kowalzki avait rendez-vous, le matin de l'accident à l'aube, avec Tippi sur le parking du bar de Donovan. L'assureur attendait l'arrivée de sa maîtresse. Il a entendu le fracas causé par la chute contre les rochers. Ce qui explique sa présence sur les lieux de l'accident.

Parce que, vous voyez, Salvatore, m'a dit Costa, Kowalzki a parlé. Ils devaient poursuivre une discussion, votre femme et lui. Cette discussion était liée aux menaces de Tippi à l'encontre de son amant. Il me l'a avoué. Kowalzki devait la convaincre d'abandonner la partie. Ça me fait dire que, s'il en est un qui aurait eu intérêt à la voir disparaître, c'est bien Kowalzki.

Puis, Costa est revenu sur l'histoire du collier : Ça peut vous paraître bizarre, monsieur Meyer, mais, comme je vous l'ai dit, nous n'en avons pas trace. Pourtant… ! si j'en crois le témoignage de madame Lamarr, votre femme le portait au départ, ce bijou. J'ai donc questionné Kowalzki, il déclare lui aussi qu'elle le portait. Il a passé pas mal de temps avec votre femme dans la nuit du samedi au dimanche. Alors, je vais vous apprendre ceci : mes services ont pratiqué une perquisition de son bureau et de son appartement. Je peux vous dire que ça ne s'est pas très bien passé avec sa femme.

Et pour quel résultat, monsieur l'inspecteur ? ai-je demandé. Costa a eu un geste d'impuissance : Ça n'a rien donné, pas la moindre trace de collier. Vous allez me rétorquer, monsieur Meyer, qu'elle a pu l'égarer, et je suis prêt à considérer cette hypothèse, mais ça me tracasse, cette histoire. De plus, j'en suis certain, personne n'a pu lui voler son collier, elle l'aurait vu, dans ce cas, elle vous l'aurait dit. Ou alors, dernière supposition... : elle vous l'a dit, mais vous auriez oublié de m'en parler, monsieur Meyer ? Non, ai-je conclu, je n'avais pas lieu d'oublier, car Tippi ne m'a rien dit. En définitive, il ne s'est rien passé au sujet de ce collier de perles.

Détrompez-vous, a-t-il repris, car un point n'a pas été vérifié : votre femme aurait pu se le faire dérober entre son départ, seule, de chez vous, pendant que vous dormiez, le dimanche à l'aube, et l'accident. Vous me suivez… ? D'accord, mais ça explique quoi ? ai-je repris. Ça explique au moins une chose, monsieur Meyer, attendez une minute, je ne vous ai pas encore livré les résultats de l'autopsie.

Costa a parlé d'ecchymoses, de contusions, de traces de coups sur les avant-bras, les épaules, le visage et la poitrine. Il en a déduit que Tippi aurait été violentée. En précisant qu'il ne parlait pas des nombreuses blessures et fractures liées à l'accident. C'était dans le rapport du médecin légiste. L'inspecteur avait jusqu'ici hésité à m'en parler, car il craignait ma réaction. Il m'a demandé comment je recevais cette nouvelle. J'ai dit que je m'en voulais d'avoir laissé Tippi partir, seule, ivre au volant de son bolide, à cinq heures du matin. J'ai le sentiment, voyez-vous, d'avoir trahi sa confiance.

Mais ces coups qu'elle aurait reçus, monsieur Meyer ? Ça ne vous dit rien… ? Et si c'était lié à la disparition du collier ? C'est incompréhensible, ai-je répondu. Je vous crois, a-t-il enchaîné, et je me mets à votre place, mais, peut-être, vous préférez garder certaines choses pour vous. Ce serait tout à fait normal, seulement, moi, je dois faire avancer l'enquête, et je pense que vous devriez me faire confiance.

J'ai répondu, très net : Ce que je sais, vous en avez connaissance, inspecteur, car je vous ai tout dit. Le problème est que je suis incapable de vous prouver ce que j'affirme.

Costa a regardé sa montre. Peut-être était-ce la fin de la séance : Tippi a profité de votre sommeil, monsieur Meyer, c'est entendu. Mais, inspecteur, ai-je dit, pourquoi vous me croyez, moi ? et Kowalzki, vous perquisitionnez son appartement ? Parce que, a-t-il rétorqué, vous ne vous en souvenez peut-être plus, mais vous avez appelé votre femme sur son portable, une demi-heure après son départ, en laissant un message.

Et alors... ? l'ai-je repris. Je me suis réveillé, elle était partie. Je ne savais pas où elle était, par contre, je me souvenais qu'elle avait bu, j'étais inquiet... Costa ne m'a pas laissé finir : Je dis seulement, ça prouve que vous n'étiez pas avec elle. Par contre, Kowalzki, lui, était là, mais je ne sais à quel moment, et même s'il m'affirme le contraire.

J'ai remercié Costa de sa confiance. Je lui ai demandé comment il allait procéder désormais avec Kowalzki, et si je pouvais l'aider. Mais c'était l'affaire de la police. Il m'a suggéré plutôt de l'accompagner à la casse automobile, si ça m'intéressait, voir enfin l'épave de la voiture.

La recherche d'indices par la police scientifique est terminée, s'est-il réjoui, je ne vois pas pourquoi je vous empêcherais de la voir, nous pourrions même y aller ensemble, qu'en dites-vous ?

12

La voiture gisait parmi les empilements de carcasses, à côté de la presse hydraulique, au fond d'un hangar à ciel ouvert. J'ai d'abord observé les sièges de cuir rouge à bordure crème. Je me suis souvenu de Bruce déposant la voiture de collection de sa fille chez le sellier automobile, pour changer la couleur de la banquette. Tippi avait exigé une autre teinte, en accord avec la carrosserie blanche.

Costa est resté devant le véhicule accidenté, mains dans les poches. Il a eu cette remarque, que ça devait produire chez moi un drôle d'effet. J'ai tourné longuement autour de l'épave. Penché devant un enjoliveur de roue, miraculeusement préservé, j'ai scruté mon visage déformé, la ligne d'horizon en arrière-plan, et la flèche de la grue se découpant dans le ciel, au-dessus de la casse automobile. Costa ne me quittait pas des yeux. Il répétait, comme s'il se parlait à lui-même, que ce n'était pas chose facile à encaisser.

J'ai laissé échapper que je n'aurais jamais cru une chose pareille. Puis, en soupirant : Si on m'avait dit, il y a un mois, que je serais là, tout seul, à faire le tour d'une voiture accidentée, et que ma femme aurait perdu la vie dans cette voiture... J'ai effleuré, du dos de la main, les débris de la rampe lumineuse des feux arrière. Ce geste était stupide, c'était, ai-je réagi, comme si j'allais faire revenir ma femme.

De fait, j'ai repensé au jour de l'enterrement, à la mise en terre du cercueil dans le caveau de la famille Cazale. Mon père m'est apparu, comme je l'avais aperçu, placé au dernier rang durant la cérémonie, déclarant d'entrée, quand je m'étais approché, qu'il n'avait pas fait le voyage pour mes beaux yeux. S'il était venu, c'était en souvenir de cette belle jeune femme, à profil de star, dont il avait prédit que son fils ne lui porterait pas chance, et ne la rendrait pas heureuse.

La voix paternelle résonnait encore à mon oreille : Ce n'est pas pour te faire du mal que je dis cela, Salvatore, tu sais bien, mais tu sais aussi que tu n'as jamais rien fait de ta vie. Voici les mots exprimés par mon père, chômeur de longue durée, le jour de l'enterrement. Je me suis souvenu de ma réponse : le destin, je n'y croyais pas trop, à la chance non plus d'ailleurs, l'important, c'était le camp dans lequel on avait choisi de vivre. Je lui ai demandé où il en était, lui, avec la construction de son mobile home, en bord de parking d'un motel, quelque part au fond de l'Arkansas. Il a dit qu'il s'occupait d'abord de terminer le coin cuisine, et j'ai répondu : Tu vois, papa, moi aussi, j'ai une belle maison, sans doute plus grande et plus belle que la tienne, pourtant… ça n'a pas empêché Tippi de mourir.

J'ai longé la portière, suivant du doigt sur la carrosserie, yeux fermés, les inégalités de surface, m'attardant sur l'aile défoncée, puis, en arrêt sur le dossier du siège passager, le pare-brise en miettes, les débris de verre sur le cuir de la banquette. Costa a fait la remarque : Belle machine. J'ai répondu que oui, c'était de la belle mécanique. Il a ajouté, c'est toujours comme ça, la beauté, c'est si fragile. Et j'ai contemplé le tableau de bord, le compteur pulvérisé, la marque de la voiture, en lettres chromées sur le couvercle de la boîte à gants. Ne subsistaient, encore lisibles, que la lettre G, et le W du centre. Les autres avaient disparu. Enfin, j'ai demandé à Costa où ce véhicule finirait ses jours. Il a répondu, penché sur le capot, les mains jointes à hauteur de la ceinture : En fait, ça appartient à votre beau-père, car cette voiture est à son nom.

Et là, immobile devant l'épave, face aux compressions de métal sorties de la presse hydraulique, en face de nous – des volumes de tôles entremêlées, presque des cubes –, j'ai repensé à Bruce, et je me suis revu dans la cuisine, après la découverte de la liaison Tippi-Kowalzki. Tout avait changé, ce jour-là. Le monde n'était plus le même. Et moi aussi, désormais, je devais changer.

J'ai demandé à Costa si ses experts de la police avaient trouvé quelque chose. L'inspecteur a réfléchi un instant. En réalité, il n'avait pas jugé utile d'approfondir les analyses. Cette voiture n'avait aucun secret à livrer. Il s'est contenté de mentionner que Kowalzki serait de nouveau interrogé.

En fait, a poursuivi Costa à mon intention, Kowalzki sait tout sur votre fin de soirée avec madame Meyer à partir de votre départ du parking du Saïgon : vous avez voulu rentrer parce qu'il était tard, et vous étiez fatigué, cependant, je vous le confirme, lui et elle s'étaient déjà fixé rendez-vous, dans l'heure qui suivait. Mais elle est morte, et je suis convaincu désormais qu'il avait intérêt à ce que sa femme ne reçoive jamais la visite de Tippi Meyer.

Voilà l'essentiel de ce que je dois vous apprendre. Le seul problème nous concernant, c'est que nous devons vérifier son emploi du temps de la nuit, aussi, confronter vos horaires respectifs. Nous allons donc procéder aux vérifications d'usage. Je crois, de ce point de vue, que nous allons nous voir beaucoup moins souvent, monsieur Meyer. L'affaire sera bientôt close. Il nous reste encore une ou deux expertises, vérifier certains témoignages.

À ce propos… il a sorti son carnet, j'ai une question à vous poser, elle n'est pas plus intéressante que les précédentes, mais elle va vous surprendre. C'est un témoignage, alors là, complètement le hasard, je ne devrais même pas vous en parler, mais je ne peux m'en empêcher, c'est un témoignage, plutôt anecdotique…

13

Costa et moi avons quitté la casse automobile, pour une halte devant le grillage d'enceinte. Sa voiture était garée cent mètres plus loin, devant la pancarte fixée à la grille : PROPRIÉTÉ PRIVÉE – ATTENTION AUX CHIENS. Il m'a demandé de le raccompagner jusque-là, en désignant la zone d'ombre, plus loin, sous la rangée d'eucalyptus. J'ai accepté.

J'avais hâte – je me méfiais de lui – qu'il me parle de son nouveau témoignage. Il a dit : C'est un coureur, personne d'autre qu'un amateur de marathon, qui a jugé utile de s'adresser à la police, en rapport avec une découverte pas loin de la cimenterie désaffectée, dans un endroit peu accessible, car très accidenté. Lui, il habite dans le coin. Quand il court, chaque soir, il emprunte ce sentier. La veille de l'accident, il a remarqué un vélo tout-terrain, placé derrière les rochers. Cet homme a supposé que ce vélo appartenait à un promeneur, puis, en réfléchissant, il a fini par se dire qu'on n'abandonnait pas un vélo de cette qualité par hasard, et que ce vélo appartenait peut-être à quelqu'un qui se serait aventuré dans les sentiers de randonnée, plus haut. Là où les pistes sont nombreuses. Il a donc supposé que le propriétaire aurait rencontré des problèmes. La chaleur, une cheville foulée… ! C'est pourquoi il nous a prévenus, et c'est appréciable. Seulement, moi, vous comprenez, monsieur Meyer, mon secteur est déjà assez vaste comme ça, et je ne peux me déplacer pour un vélo abandonné…

… Mais, attendez la suite… il se trouve que ce vélo était entreposé non loin du lieu de l'accident de votre femme, et cette découverte m'a préoccupé. Costa s'est tu, jaugeant ma réaction, comme d'habitude. J'ai demandé pourquoi cette histoire avait retenu son attention. Il a répondu, rien de spécial, ça ne l'avait pas marqué outre mesure, mais, vous savez, les gens ont envie de se rendre utiles, j'imagine, monsieur Meyer, que vous auriez fait la même chose.

J'ai supposé qu'il établissait un rapport entre ce vélo et Kowalzki, pour des raisons qui m'étaient inconnues, puisque je ne menais pas l'enquête. Je l'ai dit. Il a repris : Vous avez raison, peut-être, à bien réfléchir, nous pourrions établir une relation entre l'amant de votre femme et ce vélo. J'ai ajouté qu'il ne lui restait plus qu'à trouver ce lien, et il m'a redemandé comment je me sentais depuis la mort. J'ai dit : Très mal, mais je n'en parle pas, disons que ça pourrait aller beaucoup mieux, je vous remercie, inspecteur. Et je l'ai regardé poser les doigts sur la poignée de sa portière. Il a retenu son geste : Je crois que vous avez noué une nouvelle relation… monsieur Meyer, je veux dire, avec votre voisine… ? Elle m'en a touché un mot.

Vous parlez de Gladys Lamarr ? Avant la mort de Tippi, nous ne nous adressions quasiment jamais la parole, c'est-à-dire qu'elles ne s'appréciaient guère toutes les deux, ou alors, parfois, si elles avaient quelque chose à se dire, ça passait par Bruce. Et vous lui avez parlé ? a-t-il ouvert la portière de sa voiture. Oui, hier soir, on a discuté pendant un certain temps, d'un côté de la haie à l'autre, après votre départ. Elle est très bavarde.

Vous le savez, monsieur Meyer, je l'ai interrogée plusieurs fois, et voilà, je ne dois rien vous cacher, mais à force de revenir sur ces nombreux entretiens que j'ai pu obtenir, à droite et à gauche, un détail m'est revenu, oui, je sais, vous allez me reprocher de m'attacher à ces questions de détail, mais là, c'est différent : madame Lamarr m'a confié, au détour d'une conversation, que, dans la nuit du samedi au dimanche, elle avait entendu le grincement d'une roue de vélo, mal huilée, peut-être des coups de pédale. Elle s'est relevée, et elle a vu passer un cycliste qui se dirigeait vers votre maison, mais elle n'a pas identifié ce cycliste, c'était une nuit sans lune. Je lui avais demandé de me raconter ce qui lui venait à l'esprit, y compris les choses les plus loufoques, apparemment. Notez que, de ce point de vue, un cycliste seul à cinq heures du matin, sans éclairage, ce n'est pas évident. Mais... vous savez quand cette remarque parfaitement anodine m'est revenue ? C'est quand je me suis souvenu du coup de téléphone de cet homme qui avait aperçu un vélo derrière la cimenterie, et là, je me suis dit : Tiens, Costa, il faudra que tu en touches un mot à monsieur Meyer... Peut-être, vous l'avez entendu, vous aussi, ce vélo fantôme, avec sa roue qui grince ?

Non, ai-je répondu. À cinq heures du matin, Tippi était déjà repartie et je dormais. Il s'est exclamé : Autant pour moi ! j'agis comme un maniaque du détail, je vais finir par croire que je deviens incompétent. Puis, changeant de ton : Maintenant, je veux en finir, et vous allez m'aider. Alors, si vous aviez la moindre information qui me permettrait de clore l'enquête... Sachez-le, a-t-il repris, après un instant de réflexion, cela nous éloigne totalement de Kowalzki, qui reste suspect numéro un, certes, mais, après tout, si j'en reviens aux traces de violence sur le corps de votre femme, je peux considérer qu'elle a très bien pu croiser le chemin d'un inconnu sur la route. Ça expliquerait, de surcroît, la disparition du collier. Elle l'aurait pris en stop, pourquoi pas ? Votre femme nouait facilement connaissance avec le premier venu. On l'aurait violentée, ça arrive parfois, particulièrement dans ce secteur que je ne dirai pas dangereux, mais une femme seule, au bord de la route, rejoignant son amant... On a déjà eu le cas...

Encore un temps de réflexion de la part de Costa, qui a poursuivi, comme s'il ne parlait qu'à lui-même : ... elle a dû prendre quelqu'un en stop, oui... vous savez ce que j'adorerais connaître, monsieur Meyer, parce que cette histoire me travaille ? C'est l'emploi du temps exact de votre femme, dès lors qu'elle a quitté la maison, car je ne doute pas que ça s'est déroulé ainsi, à ce moment-là. Vous êtes revenus tous les deux du Saïgon, dites-moi si je me trompe, et elle est repartie. Mais personne ne l'a vue repartir, tout juste si vos dires sont corroborés par la voisine, qui reconnaît avoir entendu, dans son demi-sommeil, le moteur de la voiture, mais qui ne s'est pas relevée, et qui, d'ailleurs, associe tout cela à un mauvais rêve.

J'ai demandé à Costa pourquoi elle disait : un mauvais rêve... ? pourquoi pas un rêve tout court ? Parce que, monsieur Meyer, au bout de la route, il y a la perte d'une vie humaine, alors, cette histoire de vélo m'intrigue, et je vous demande : je pourrais voir le vôtre ? Je sais que vous faites du vélo tout-terrain, de longs trajets sur les pistes alentour, et je crois que ce sera ma dernière vérification. Ensuite, on pourra clore.

Vraiment, vous n'avez pas grand-chose à vous mettre sous la dent, ai-je répondu. Je sais, monsieur Meyer, mais je suis comme ça ! incapable de laisser des cases vides dans mes enquêtes.

Pour la première fois, je me suis mis à douter des paroles de l'inspecteur. Je lui ai demandé s'il se sentait bien. Et pourquoi je me sentirais mal, monsieur Meyer ? Parce que cette affaire devrait être classée depuis longtemps, et vous le savez.

Costa n'était pas seul à réfléchir, et je le soupçonnais d'éprouver, en premier lieu, le besoin de parler avec Gladys Lamarr. C'est ce qui le guidait. Enfin, il avait trouvé un nouveau prétexte. Et ça recommençait, j'ai laissé échapper ce mot : Ça recommence ! ce qui m'a fait penser à la relation entre Tippi et Kowalzki. Cette liaison adultère avait été si évidente, répétitive, et moi, pauvre imbécile, je ne m'étais douté de rien, ce qui avait produit cette rage intérieure, le jour où je les avais surpris, elle et Kowalzki, dans une rue de Santa Clarita. Et si je n'en ai rien laissé paraître, c'est à cause de Bruce. Je savais, par avance, ce qu'il allait me répondre, cela s'est confirmé quand il m'a dit : Calme-toi, petit. Je lui avais déclaré que ça tournerait mal, si, un jour, je retombais sur Kowalzki. Et Bruce m'avait répondu : Que veux-tu faire ? tu ne vas quand même pas te mesurer à lui ? Passe à autre chose, Salvatore. C'était toujours la même réponse : Salvatore par-ci, Salvatore par-là. Cette fois, c'était Gladys qui s'y mettait avec cette histoire de vélo tout-terrain.

Et Costa est remonté dans sa voiture. Il m'a salué : À ce soir, monsieur Meyer ! Comme si j'étais à son service. Il ne m'a même pas demandé si j'étais disponible, non, il a décidé à ma place, et j'ai répondu : Oui, inspecteur. J'ai pensé ensuite à mon vélo dans le garage : complètement loufoque. Il faudrait peut-être arrêter de dire n'importe quoi.

Aussi, je me suis senti trahi par Gladys. J'ai repris ma voiture garée devant l'autre grille de la casse automobile. De quoi se mêle-t-elle ? Qu'est-ce qui lui a pris de raconter ce qui lui passait par la tête ? Et moi, lors de notre discussion d'un côté de la haie à l'autre, avec son lévrier qui furetait partout, j'ai bien spécifié à Gladys que ce n'était vraiment pas la peine d'en rajouter, tout était terminé maintenant, c'était une question de respect des personnes. Mais Gladys ne m'avait pas répondu tout de suite.

Nous étions sous son magnolia. Elle s'amusait à lancer une balle, le plus loin possible, et le chien allait la chercher, pour disparaître et revenir encore, la balle dans la gueule. Elle m'a demandé : De quel respect parlez-vous, Salvatore ? et vis-à-vis de qui ? Le respect de Tippi, de sa mémoire, Costa n'a pas le droit de la salir comme il le fait, à tout vouloir connaître, au détail près, et elle m'a demandé : Grand Dieu, mais de quoi parlez-vous, Salvatore ?

14

J'ai laissé le vélo au fond du garage et attendu Costa, sans même inviter Gladys, alors que je l'avais conviée, dès le matin, à une promenade du côté de la réserve animalière, ensuite à un apéritif dans mon salon. De toute façon, la soirée était à l'eau, et c'était de sa faute. Gladys, il fallait le constater, était trop bavarde, et j'ai pensé que cette femme, si je continuais à la fréquenter, m'attirerait des ennuis.

Soudain, Costa est apparu, dans un costume marron clair, accompagné par Gladys. Il a pris un ton enjoué, en me remerciant, j'étais très coopératif. Et ne croyez pas, monsieur Meyer, que je vais vous prendre votre temps, ni vous ennuyer plus que de raison.

M'est apparu à cet instant qu'il se rendait compte de la fragilité de ses suspicions, parce que, enfin, qu'allait-il prouver maintenant, avec le témoignage de Gladys, qui avait entendu dans un rêve quelqu'un à vélo, qui apparemment sortait d'un sentier de randonnée, ou de la nationale, ou alors du parc animalier, que dire d'autre ?

Il m'a d'abord annoncé qu'il avait demandé une description du vélo tout-terrain. Selon lui, ça correspondait, mais, en fait, ça ne voulait rien dire. Cependant, il m'a demandé de lui montrer le mien, rangé au fond du garage, entre le mur de briques et l'arrière de ma voiture. Je l'ai sorti : Voilà, que voulez-vous d'autre ? Il s'est penché sur le cadre et le pédalier, pour mieux les observer : Pardonnez-moi, vous allez me trouver ridicule, monsieur Meyer, mais j'aimerais bien qu'on sorte d'ici, et que vous partiez avec le vélo jusqu'à l'eucalyptus qui borde votre chemin, voire un peu plus loin, au croisement avec la nationale, là-bas, et que vous reveniez. Pour l'instant, c'est idéal, il n'y a pas spécialement de bruit, et je vous demanderai à vous, madame Lamarr, de tendre l'oreille, et de me dire.

C'était complètement insensé, mais j'ai pris le vélo par le guidon et j'ai marché jusqu'au croisement, à quelque chose comme deux cents mètres, peut-être plus. J'ai entendu Costa qui me criait : Vous pouvez y aller, monsieur Meyer ! Je l'ai imaginé, tellement ça m'agaçait, avec ses grands gestes, ses mains en haut-parleur de chaque côté de la bouche, pour se faire entendre. Et j'ai roulé, doucement, à mon rythme, peut-être même plus lentement que d'habitude, en éprouvant la sensation du visionnage d'un film, où j'aurais été l'acteur principal. La caméra tournait, je devais entrer dans le champ, adresser un signe aux autres acteurs, mais les seuls participants de la séquence, c'était Costa et Gladys, à l'écoute du grincement de chaîne produit par mon pédalier. Pente douce. J'ai laissé le vélo en roue libre, songeant aux films noir et blanc de mon enfance, me disant à moi-même, sans m'adresser à eux : Ça y est… ? cette fois… ? vous êtes contents ?

Au résultat, Gladys a jugé que, franchement, elle ne savait pas. Elle ne pouvait définir exactement si c'était ce bruit de pédalage qu'elle avait perçu dans son sommeil, ou si c'était un autre grincement, un pignon de la roue arrière, ou encore le couinement d'un frein. Pas plus qu'elle ne parvenait à dissocier, dans son souvenir de l'aube, le souffle de l'air du bruissement des arbres agités par le vent.

C'était complètement absurde, car on pourrait trouver dans le coin une centaine de vélos dont les pédaliers ou les pignons grincent. Pour finir, ça m'a presque amusé, du moins ça m'aurait diverti, ai-je déclaré à l'inspecteur

Costa, si je n'avais pas perdu ma femme. Ce petit jeu était loin de me distraire, ça l'amusait peut-être lui, et, sans doute, ça divertissait Gladys, mais moi, pas du tout.

J'ai demandé à Costa ce que j'aurais pu fabriquer sur mon vélo à cette heure, en pleine nuit, après mon attente sur le parking du Saïgon. Non, mais, vous vous sentez bien, inspecteur ? J'ai observé, à ce moment précis où il recevait ma question, que je venais enfin de le mettre en difficulté. Disons plutôt qu'il s'était fourvoyé, ce qui le désavantageait au regard de Gladys, qui a repris la parole, vraisemblablement pour lui venir en aide. Elle a fermé les yeux, se concentrant à nouveau, et elle les a rouverts, battant des cils : Je ne peux pas dire que je reconnais ce grincement de chaîne de vélo. Mais aussi, je ne peux pas dire non plus que je ne le reconnais pas. Aussi bien, c'était exactement ce bruit. Là-dessus, il ne fallait pas que je lui en veuille, c'était seulement une question d'objectivité, et moi, j'ai dit que je ne lui en garderais pas rancune.

15

Dans l'après-midi, je me suis inquiété de savoir si Bruce avait pris son rendez-vous chez le médecin, et j'ai consulté son agenda. Ensuite, j'ai réfléchi aux diverses dispositions à prendre, au cas où je déciderais de réaménager l'étage de la maison, et si je devais demander également à Bruce une partie des intérêts qui me revenaient dans l'affaire des exploitations minières. M'est venu aussi à l'esprit de faire un tour du côté de la cimenterie.

Cette histoire de cycliste m'avait perturbé, je le reconnais aisément, et j'en ai voulu davantage à Gladys. Cependant, je ne lui ai pas manifesté le moindre ressentiment quand elle est venue me dire qu'elle partait à Santa Clarita. Au contraire, j'ai voulu savoir pourquoi elle me tenait informée de ce déplacement, d'habitude elle ne me disait rien.

Elle m'a demandé de prendre soin de son lévrier. Sa confiance, inattendue, m'a troublé.

Je me suis alors abstenu d'évoquer la dernière séance imposée par Costa, et j'ai proposé à Gladys de promener son chien sur le sentier de randonnée, du côté de la réserve animalière. Et puis, pourquoi pas ? nous pourrions y retourner, ce soir, avec le chien, justement.

Plus tard, j'ai téléphoné à Bruce pour m'assurer de la réparation d'une scie à béton, et pour lui demander s'il avait les résultats de ses examens médicaux. Bruce, cependant, ne comprenait pas pourquoi je l'appelais. Ses examens, oui, les résultats n'avaient rien d'inquiétant, mais le médecin avait détecté des problèmes de mémoire. Il a dit aussi que, vu la nature des symptômes, il n'y voyait aucune gravité, néanmoins, ce serait mieux si mon beau-père ralentissait ses activités à l'usine. Bruce devait pratiquer de l'exercice physique, il devrait peut-être songer à s'inscrire à des cours dans un club de gymnastique.

Il avait répondu : Si c'est pour faire comme mon gendre, s'inscrire à un club de remise en forme, courir sur un tapis roulant, se faire suivre par un coach de culture physique, c'est inutile. Puis il en est venu à Tippi : je n'aurais, selon lui, jamais dû la laisser partir, si tôt le matin. Elle n'avait pas dormi, de plus le cerveau de sa fille était imbibé d'alcool, la preuve, les résultats des prélèvements sanguins. On ne laisse pas quelqu'un comme elle, une jeune femme, prendre le volant à une heure pareille.

J'ai redit ce que tout le monde savait désormais, que je dormais, et que, donc, Tippi ne m'avait pas demandé l'autorisation. Je me suis surpris à annoncer à mon beau-père que, désormais, il y avait des tas de petits points sur lesquels je n'hésiterais pas à revenir. Je discuterais, par exemple : Était-il normal qu'il n'ait jamais dit à Tippi qu'elle ne devait pas conduire aussi vite ? ou qu'elle n'aurait jamais dû passer ses nuits dans les bars, alors qu'elle était mariée ?

Bruce m'a rétorqué que ça ne se passait pas comme ça. Mais je tenais à exprimer mon désaccord sur ce point, car je me sentais parfois traité avec brutalité. Pourtant, je n'avais jamais rien manifesté, je ne m'étais jamais plaint. Je l'ai dit. Tu le sais, ça, Bruce, que je ne me suis jamais refusé à te donner raison, je me suis toujours exécuté. Mais, je pense que, si tu avais joué un minimum de ton autorité sur ta fille, jamais cela ne serait arrivé. D'abord, elle n'aurait peut-être pas possédé une voiture aussi voyante, pour faire la fête, comme elle disait… Tu peux me dire à quoi elle sert, maintenant, cette belle auto ?

16

Gladys sortait de son garage. Je lui ai fait un signe d'au revoir, et j'ai traversé la haie entre nos deux propriétés, pour attacher le lévrier arabe à l'anneau devant la porte de sa cuisine, et lui donner à boire, dans une écuelle. Gladys n'aurait pas aimé que je le prive de courir autour de la maison. Elle avait acheté cette bête après une course de lévriers, du côté de Soledad. Le chien s'était blessé. Depuis, elle ne le quittait plus.

Le lévrier a vidé l'écuelle. J'ai caressé son poil ras, couleur sable, versé quelques croquettes dans son bol, sur le seuil, et j'en ai profité pour visiter les lieux, expérimenter, à partir de la fenêtre de sa cuisine, la qualité du point de vue sur le paysage alentour. C'était ici, à coup sûr, le meilleur endroit pour regarder chez le voisin. J'ai pu me rendre compte que, sans me pencher, en tirant à peine le rideau à motifs fleuris, je bénéficiais d'une vue idéale sur notre propre cuisine, sur la partie ouest de notre salon, notre garage, à l'angle de la terrasse et de la piscine. Ma chambre, plein nord, sur l'autre côté, restait invisible. En bref, cet endroit se révélait un poste d'observation idéal.

Également, je me suis aperçu qu'en définitive, la cuisine de Gladys était construite entièrement en surplomb de notre propriété. Et si les témoignages de ma voisine et son rapport avec l'inspecteur Costa ne m'avaient pas frappé à ce point, je n'en aurais jamais déduit que Gladys avait dû passer des heures entières, depuis notre installation dans cette maison, à épier nos faits et gestes.

C'est d'ailleurs ce qu'avait dit Tippi dès le début : Cette femme est toujours derrière ses carreaux, je suis certaine qu'elle nous épie. Je n'avais pas vraiment pris au sérieux cette remarque, n'empêche, ça m'est revenu. De fait, tout en réfléchissant, je suis passé dans la chambre de Gladys, qui n'était pas fermée à clé, preuve, dans un certain sens, qu'elle avait confiance en moi, puisque tout était ouvert finalement.

De sa chambre, j'ai aperçu le talus bordé d'herbes hautes qui conduisait au croisement avec la nationale, et je me suis mis, ouvrant la fenêtre, dans la position de qui écouterait les bruits de la nuit à cinq heures du matin, par exemple le cliquetis d'une chaîne de vélo tout-terrain sur un axe qui grince.

Un vent léger m'est parvenu de la réserve animalière des grands félins. Je me suis déplacé de nouveau, pour mesurer jusqu'où Gladys était censée observer ce qui se passait sur la route nationale, ensuite sur le chemin d'accès à notre propriété, couvert de pierres plates, mais aussi de terre sablonneuse, qui amortissait le roulement des pneus crantés.

Longtemps, je suis resté dans la chambre, satisfait de n'être pas importuné par le lévrier. Il m'a suffi d'imaginer la scène : Gladys se relève, elle a entendu du bruit, elle se réveille de toute façon à la moindre alerte, ne serait-ce qu'un gémissement de son chien, ou je ne sais quoi.

Une robe de chambre était posée sur le dossier d'une chaise, tissu léger. Je l'ai caressé puis manipulé, entre le pouce et l'index, comme si je testais sa qualité. Ensuite, le tiroir de sa commode, la lingerie. Et puis, cette question, tout à fait gratuite, mais j'étais curieux de savoir : combien de temps mettait-elle pour se rendre de sa chambre à la cuisine, et gagner son poste d'observation ?

De la fenêtre, où je me suis de nouveau installé, j'ai contemplé l'espace bétonné devant le garage. M'est apparu, tandis que je contemplais l'extérieur, que Gladys représentait une source de paix pour moi, autant qu'une source d'inquiétude. C'est vraiment, pensais-je, le genre de fille qui peut vous attirer le maximum d'ennuis... trop imprévisible, cette femme. Et pourquoi me disais-je une chose pareille ? À cause, ai-je pensé, regardant la porte de mon garage vue de loin, à cause de cette histoire de vélo.

Un point dont j'étais convaincu : Gladys, en se prêtant au manège de Costa, s'était rendue capable de me mettre en danger. De ce fait, je la sentais désormais capable de raconter n'importe quoi sur mon compte. Second point : on ne s'amuse pas à cela quand on est en contact avec la police, surtout si c'est Costa, qui passe des heures à réfléchir à propos d'un accident automobile, tout cela parce que la conductrice avait bu, et que l'autopsie révélait des traces de strangulation – Costa me l'avait appris, dans un second temps, avec beaucoup de prévenance.

J'ai tourné la tête du côté de la salle de bains, et de sa chambre d'amis. Celle-ci, je l'avais négligée, mais j'aurais peut-être dû ouvrir la porte, jeter un coup d'œil, tout simplement. J'étais néanmoins davantage attiré par la salle de bains. Après tout, c'était bien rendre à Gladys un peu de son impolitesse, puisqu'elle-même n'avait pas hésité, devant témoin, à pénétrer mon intimité. Je parle de mon départ du samedi avec Tippi, et d'autres choses encore qu'elle avait dû révéler à la police, et dont je n'avais pas connaissance.

À sa décharge, notons qu'elle s'était quand même rendu compte que j'étais choqué par son comportement, que j'avais très mal vécu cette façon de me traiter : me faire pédaler, comme ça, sur le chemin d'accès. C'était grotesque.

Cela signifiait également, de ma part, une façon de regarder comment elle vivait. J'ai aperçu la paroi en verre dépoli de sa cabine de douche, saisi une serviette de toilette, aussi son peignoir, ensuite contemplé le lavabo, les produits d'hygiène et de maquillage. Davantage, c'était le moyen de lui rendre la monnaie de sa pièce : Moi aussi, mademoiselle Gladys, je peux observer mes voisins. Voilà ce qui guidait mes pas. J'ai retraversé le salon, ai de nouveau regardé le chien, qui fixait la porte du jardin. Il laissait échapper, de temps à autre, un gémissement. Il avait donc détecté quelque chose, ou quelqu'un.

Alors, j'en ai déduit que, peut-être, Costa était de nouveau là. M'attendant à tout le concernant, j'ai scruté les alentours, du moins ce que j'en percevais de la fenêtre de la cuisine, mais rien, ni personne. J'ai jugé, à cet instant, que nous habitions un endroit très agréable, et je me suis projeté dans cette idée que je pourrais très bien habiter cette maison, et non celle d'à côté, ou plutôt : je pourrais l'habiter en plus de celle d'à côté. Je me suis imaginé buvant un verre d'apéritif en milieu de journée, dans le salon, sur le divan. Je me suis vu ici, tandis que Gladys s'activerait dans la cuisine, ou dans sa chambre, ou dans le jardin, et nous nous parlerions avec douceur, d'une pièce à l'autre. Je l'ai imaginée dans la salle de bains. J'ai bien voulu la voir, magnifiquement nue, devant son lavabo, après une douche, la serviette de toilette à ses pieds. J'ai observé le chien, immobile, cette fois, oreilles tendues, et j'ai pensé, celui-là, ce n'est vraiment pas un chien de garde. Animal impressionnant, si on veut, à cause de son corps svelte, de la hauteur du garrot, mais complètement inoffensif.

J'ai pensé que, si Gladys était de retour, de toute façon, je l'aurais entendue. J'ai ressenti alors comme une vague inquiétude. J'ai replié la serviette de toilette, puis le peignoir, qui ne m'avaient pas quitté, et je les ai serrés contre mon visage, pour en respirer, puis en définir le parfum, celui du corps de ma voisine. J'ai cherché à deviner la marque d'eau de toilette de Gladys, comme j'avais cherché tant de fois à retrouver le parfum de Tippi, dans les nightclubs, les salles de billard, les toilettes hommes et femmes, les boîtes de strip-tease, les bars routiers, les couloirs de motels, quand j'étais à sa recherche, quand je soupçonnais l'un ou l'autre de ces cow-boys qu'elle fréquentait, et que je méprisais, de l'avoir emmenée dans un endroit inconnu de moi.

Quand je me suis penché de nouveau par la fenêtre de la cuisine, j'ai aperçu l'inspecteur devant la porte de mon salon. Comment avais-je trouvé le moyen de ne pas entendre le ronronnement de son moteur ? Costa n'était quand même pas venu à pied ? L'inspecteur me donnait l'impression d'être très procédurier, il ne pénétrera pas chez moi, en mon absence, sans mandat, ai-je réfléchi. Ce qui m'a rassuré. L'urgent serait, plutôt, en cas de visite de Costa chez Gladys, de justifier ma présence à cet endroit, mais comment ? Je n'avais pas intérêt à ce qu'il me découvre ici.

De retour dans la salle de bains, je me suis débarrassé du peignoir et de la serviette de toilette, rangés exactement à l'endroit où je les avais trouvés, dans la même disposition de plis. Ensuite, j'ai ouvert un tiroir, au hasard, dans la cuisine, trouvé, parmi quelques outils de première main, un tournevis, puis échafaudé l'idée d'un quelconque problème, genre tuyauterie, ou interrupteur électrique à réparer, pour rendre service à Gladys. Mais jamais l'inspecteur ne croirait une histoire pareille. J'ai lâché le tournevis.

C'était quand même terrible. Avoir quelqu'un comme l'inspecteur Costa sur le dos n'était pas de tout repos. Enfin, je suis sorti par la porte de la chambre d'amis, qui donnait sur l'extérieur. J'ai contourné la maison, l'écuelle dans la main, pleine d'eau, remplie au robinet du jardin, pour me donner une contenance. Mais, quand je suis arrivé près du chien, en terrain découvert cette fois, il n'y avait plus de Costa devant la porte de mon salon, et je me suis demandé si je n'avais pas été victime d'une hallucination. Si c'est le cas, me suis-je dit, tu dois prendre garde à ce que tu déclares, parce que ça peut un jour ou l'autre se retourner contre toi… J'ai réfléchi : était-ce Bruce, peut-être, dont je m'étais pourtant assuré qu'il ne rentrerait pas à l'improviste ?

Un bruit de semelles sur les graviers, du côté de chez moi. L'inspecteur est sorti de l'ombre, sous les feuillages, à l'angle de la terrasse et du salon. Je lui ai fait signe, de derrière la haie, en lui lançant : Inspecteur ? c'est vous qui êtes là ! ? Il m'a répondu par un signe amical de la main.

Je suis avec le chien ! ai-je fait. Constatant, cette fois, ce qui renouvelait mon inquiétude, que l'inspecteur aurait pu tout aussi bien s'affranchir de la loi, et, profitant de mon absence, pénétrer dans la pièce où je couchais et entreposais mes affaires personnelles, depuis que Tippi avait décidé de faire chambre à part. Ici, personne n'était autorisé à entrer, ni à ouvrir le moindre tiroir. Que ce soit par Bruce ou par Tippi, cette consigne avait toujours été respectée. J'ai détaché le chien. Il a franchi la haie, d'un bond, pour se précipiter vers Costa.

L'inspecteur a d'abord caressé le flanc de l'animal, puis annoncé qu'il était à ma recherche. Et nous avons échangé, d'un côté de la haie à l'autre, ensuite, il a contourné la grille au pied de mon arbre de Judée, pour me rejoindre dans la propriété de Gladys.

Dites, monsieur Meyer, je croyais que vous deviez promener le chien du côté de la réserve ? J'ai répondu, un peu interloqué : Mais… vous êtes déjà au courant ? Oui, j'ai rencontré madame Lamarr… Vous la rencontrez souvent, dites donc, inspecteur, ma voisine… J'avais encore à l'entendre, a-t-il repris. Et qu'est-ce qu'elle vous a appris de neuf, cette fois, madame Lamarr ? Quelle révélation ? Quand même pas un second cycliste, cette nuit ?

Il a souri. Vous avez raison, monsieur Meyer. Moquez-vous… Aussi, je dois vous signaler, j'ai croisé votre beau-père, je l'ai trouvé un peu affaibli, mais, mine de rien, il tient le coup. Il s'est dit en forme, plus que d'habitude. Nous en sommes venus à parler de sa fille, votre femme. Et monsieur Cazale m'a raconté cette histoire que Tippi conduisait parfois avec des gants blancs, ce qui convenait à la ligne sportive et élégante de sa voiture de collection. Étonnant, non… ? Vous ne m'en avez jamais parlé, monsieur Meyer. Et moi, je me suis dit que, dans ce cas, vu qu'elle portait déjà des gants, elle ne mettait pas de bague non plus, n'est-ce pas ?

J'ai dit oui à l'inspecteur, sans comprendre où il voulait en venir. Il a froncé les sourcils : C'est pareil pour le collier, jamais votre femme ne se serait séparée de ce bijou. Jamais, non plus, question vol, elle n'aurait pris le moindre risque. Elle y tenait tant… J'ai encore dit oui. Cette fois, je ne comprenais plus rien. Il a repris : … Écoutez, monsieur Meyer, pour moi, ça devient un casse-tête, et je suis en train de me dire que ce collier, ce n'est pas possible… ou alors, je suis idiot… J'ai répondu qu'un autre facteur pourrait expliquer la disparition de ce bijou : La chaînette du collier aurait pu se briser quand la voiture a basculé dans le vide, et voilà, vous imaginez le choc ! les perles qui s'éparpillent.

Il m'a regardé, bouche bée, pour la première fois. C'était même un regard admiratif, comme s'il venait de me dire : Je n'y avais pas pensé moi-même, pourtant, je ne cesse d'y réfléchir. Vous êtes fort, monsieur Meyer, très fort... Puis il a mis, comme il en avait l'habitude, son carnet de notes devant ses yeux, car il se trouvait face au soleil couchant. Il a de nouveau froncé les sourcils, puis il m'a bien observé, et il a dit : Vous croyez, monsieur Meyer ?

17

Gladys est revenue à la nuit tombée. Elle avait donc eu un nouvel entretien avec l'inspecteur. Ils avaient parlé du collier, m'a-t-elle annoncé. J'ai répondu que j'étais au courant, en ajoutant : C'est une obsession, ces interrogatoires… ! Il m'a convoquée, a-t-elle poursuivi, pour me poser une énième fois cette même question : n'aurais-je pas négligé un détail, qui me reviendrait à l'esprit, soudain ? Et quand Gladys m'a dit avoir reparlé de ce détail, le collier de perles, j'ai pensé que, maintenant, c'était confirmé, Costa dirigeait ses soupçons contre moi.

J'ai demandé à Gladys pour quelle raison elle répondait à ses questions ? Pourquoi me mettre en difficulté, à la fin ? alors que ma femme est morte ? N'est-ce pas suffisant… ? Et d'abord, pourquoi vous acharnez-vous contre moi, tous les deux ? Aussi, cette histoire de vélo, vous auriez pu l'éviter. Mais non, a-t-elle répliqué, il lui était impossible de se soustraire aux injonctions de la police.

Cette histoire de collier, ai-je dit, c'était sans importance. Tippi avait dû le perdre pendant l'accident, et, si ce n'était pas le cas, le mieux serait de se retourner contre Kowalzki. Sachant que, de toute façon, ce bijou, présent ou égaré, ça ne prouvait rien !

Gladys était d'accord. Elle-même se sentait un peu tendue. La pression qu'exerçait l'inspecteur était difficile à supporter. J'ai alors suggéré ce dont j'étais convaincu : Peut-être, Costa poursuivait un autre but, ces interrogatoires étaient un prétexte pour revoir Gladys, dans le sens où il éprouvait un sentiment très fort pour elle, disons un sentiment amoureux. Mais Gladys n'a pas semblé convaincue. Au contraire. Elle a détourné son regard, en me demandant où j'allais chercher une idée pareille.

L'absence de Tippi me pèse, et j'en ai assez, c'est peut-être une raison suffisante, ai-je murmuré. J'ai annoncé ensuite m'être rendu dans le caveau de la famille Cazale, réfléchir à mes erreurs sur la sépulture de ma femme. Mais Gladys ne l'entendait pas de la même façon : Si Tippi était encore de ce monde, elle ne pourrait s'en prendre qu'à elle-même, personne ne l'avait forcée à boire. D'ailleurs, Costa avait constaté des éclats de verre provenant d'une bouteille d'alcool dans la voiture. Aussi, ça n'avait aucune importance, cet épisode du vélo au petit matin, et… à propos de cette histoire de collier, c'est pareil pour moi, ça ne prouve rien. Rassurez-vous, Salvatore.

J'ai effleuré son avant-bras, la douceur de son gilet à mailles fines par-dessus son corsage, j'ai dit que ce n'était pas très respectueux de ma part, ce que je venais de déclarer concernant Costa et elle. Gladys a répondu : Vous avez raison, Salvatore, ce n'était pas très intelligent.

18

Gladys m'a abandonné sur le seuil de sa cuisine. Malgré ses paroles apaisantes, je lui en voulais davantage. Aussi, j'avais besoin d'une bonne discussion avec elle, mais sans être dérangé. J'ai donc pris le chien par le collier et je l'ai enfermé dans mon garage, en lui laissant un petit peu de nourriture et de l'eau, pour qu'il se tienne tranquille, particulièrement ce soir-là, à cet instant.

Ensuite, j'ai téléphoné de la maison à Bruce. Pour m'assurer qu'il était encore dans son bureau et qu'il ne surgirait pas à l'improviste. Je lui ai demandé, car je me sentais mieux disposé à son égard, comment allait sa jambe, et s'il ne ressentait pas trop la fatigue. Sa voix était mal assurée : il en avait encore pour un moment avec un client. Puis, le silence, un froissement de papiers, certainement devant lui, sur son bureau. Il a repris : Ce serait bien que tu reviennes habiter l'étage, Salvatore. J'ai répondu que j'y songerais. Il a poursuivi : Je regrette, maintenant. Je lui ai demandé : Que regrettes-tu, Bruce ? Il n'y a rien à regretter. Je m'en veux, a-t-il poursuivi, de t'avoir parlé comme je l'ai fait, parfois. J'ai dit que les regrets ne ramèneraient pas sa fille. Mais il faut que tu le saches, Bruce, moi aussi, je souffre de la disparition de Tippi.

La nuit était dense. Je me suis rendu une nouvelle fois dans la propriété voisine. Les pièces, chez Gladys, étaient plongées dans l'obscurité. Je me suis guidé, du regard, à la veilleuse dans le salon, puis au rai de lumière, sous la porte entrouverte de la salle de bains. À cette heure, j'en étais à penser que Gladys ne méritait pas ma confiance, ni ma considération.

Mais j'avais besoin de lui parler. L'écoulement de l'eau dans le bac à douche parvenait jusqu'ici, sur le seuil que je venais de franchir. J'avançais maintenant pas à pas. Me repérant à l'aveugle, aux meubles qui me séparaient de la salle de bains. Du salon, on pouvait apercevoir, à travers la mince ouverture de la porte, le verre dépoli de la douche. Je voulais demander à Gladys en quoi ça l'avait concernée que Tippi parte d'ici en ma compagnie, la veille de l'accident, avec son collier de perles ? Qu'est-ce que cela pouvait bien lui faire ? En quoi ça changeait sa vie… ?

Gladys chantonnait. Le jet de la douche couvrait à peine sa voix. Je me suis approché pour mieux entendre. Un voile de vapeur d'eau envahissait la salle de bains. Le plus simple, réfléchissais-je, serait de lui poser la question. Peut-être, elle saurait me dire exactement ce qu'elle pensait de moi. Peut-être, son idée était que j'avais dû me relever, la nuit où Tippi était repartie. Dans ce cas, elle en aurait déduit que j'aurais pu lui sauver la vie, en lui interdisant de reprendre le volant, et je ne l'avais pas fait. Mais non… impossible de croire une chose pareille.

J'apercevais toujours, derrière la paroi, le corps en mouvement de Gladys. Si proche. J'ai détaillé, malgré le verre dépoli, la courbe de sa nuque. Je lui en ai voulu davantage, parce que, le collier, c'était justement ce qu'il ne fallait pas dire. Vraiment, Gladys méritait une bonne mise au point.

Un bruit de moteur. J'ai quitté en vitesse la salle de bains. Je crois que j'ai entendu ma voisine demander : Qui est là ? de sa voix inquiète. Le faisceau lumineux d'une voiture a balayé la façade de ma maison, et la porte de mon garage a grincé. J'ai vite rejoint le massif de fleurs, dans le jardin de Gladys, à l'arrière, les mains dans les poches, comme si j'arrivais de la réserve animalière.

19

Bruce a surgi de la nuit, devant la cuisine de Gladys, et je me suis trouvé en face de lui. Il m'a demandé ce que je fabriquais au milieu du jardin de la voisine. Où est-ce que tu te crois, bon Dieu, Salvatore ? J'ai répondu que j'étais de retour de promenade, du côté de la réserve.

Se découpant totalement de l'obscurité, il m'a demandé ce que le lévrier arabe faisait dans mon garage, enfermé ? J'aurais dû l'emmener avec moi en promenade, il adore ce coin. J'ai répondu que, justement, les chiens n'étaient pas tolérés en bordure du parc. J'avais eu idée de l'enfermer, parce que le lévrier risquait de s'enfuir en partant à ma recherche… Ensuite, je ne sais plus ce que j'ai murmuré exactement, je crois que j'aurais pu raconter n'importe quoi – sans doute l'effet de surprise lié à l'irruption de Bruce. Mon beau-père n'a rien saisi non plus de mes dernières paroles. Cependant, ça n'a pas eu l'air de l'inquiéter. Il m'a annoncé qu'il avait sommeil, qu'il allait se coucher, sans justifier pourquoi il revenait si tôt, et je me suis demandé s'il était réellement dans l'entreprise quand je lui avais téléphoné sur son portable.

La cuisine de Gladys s'est éclairée. Je me suis empressé sur les pas de mon beau-père, pour vite délivrer le chien. Le lévrier n'a pas attendu longtemps avant de rejoindre sa maîtresse. Je suis alors revenu dans la propriété de Gladys, comme si de rien n'était, puis j'ai frappé à la porte de sa cuisine, suis entré sans attendre, avant d'apercevoir Gladys, en peignoir de bain, une serviette éponge nouée sur la tête, le front encore humide, visiblement préoccupée. Elle buvait un verre d'eau.

Mon téléphone a sonné. Je n'ai pu me retenir : Je parie que c'est Costa ! Effectivement, la voix du policier a résonné dans l'écouteur. Sans attendre, je lui ai dit que j'avais Gladys en face de moi, et que, peut-être, c'était à elle qu'il désirait parler. Il a dit : À tous les deux, mais plutôt à vous, monsieur Meyer, vous auriez une petite minute à m'accorder ?

À cette heure-ci, vous croyez ? C'est certainement la dernière fois que je vous importune, monsieur Meyer, mais… il a dû réfléchir un instant… il a dit : … Vous n'êtes pas chez vous… ? Et j'ai répondu, non, je suis chez ma voisine, je viens de vous dire que madame

Lamarr est en face de moi. Avec son chien. Ah, très bien, a-t-il réagi. Puis, l'inspecteur m'a demandé si j'aurais l'amabilité de passer le téléphone à madame Lamarr, sans raccrocher, s'il vous plaît, ensuite je suis à vous.

Gladys s'est saisie du portable. Ils ont parlé tous les deux, et j'ai quitté la pièce. J'ignorais ce qu'il lui racontait, mais, d'après ce que j'ai cru comprendre, m'attardant sur le seuil, tendant l'oreille, ma voisine était très émue. Elle s'est retournée, pour gagner le fond de la pièce, au bord des larmes, à ce qu'il m'a semblé, et quand elle lui disait : Non, surtout pas, j'ai supposé que cela voulait dire, ne vous déplacez pas, tout va bien, je ne suis pas en danger. Et j'ai très vite compris que l'inspecteur n'allait pas tarder à rappliquer. Elle lui a dit un dernier mot, oui, je vous le passe, preuve qu'ils parlaient de moi tous les deux.

La voix de l'inspecteur résonnait clairement dans l'écouteur : … Vous êtes toujours là, monsieur Meyer ? J'ai encore une question, mais je vous le redis, cette fois c'est vrai, ce sera la dernière… Vous avez cinq minutes… ?

20

Mon beau-père a tiré les rideaux de sa chambre, avant d'aller dormir. Il m'a aperçu, téléphone à l'oreille, devant le garage où je m'étais déplacé pour une meilleure réception. Petit signe de ma part. Bonne nuit, Bruce.

Toujours Costa au téléphone : … Maintenant, je vais vous dire pourquoi je vous appelle, monsieur Meyer : un point m'a frappé, et je dois le reconnaître, en bon sportif, c'est grâce à vous, car vous m'y avez un peu aidé : c'est toujours cette histoire de fermoir du collier, vous vous rappelez… ? En fait, mes services ont opéré une fouille incomplète de l'épave, par négligence, et je suis en train de me dire que c'est une erreur. Je vais procéder à un dernier contrôle, demain matin, et voici la raison de mon appel : je pense que ce serait beaucoup mieux, si vous étiez présent.

J'ai demandé à quelle heure, parce que, justement, j'avais décidé de reprendre mon travail le lendemain, aux côtés de mon beau-père. Ce serait donc difficile de m'absenter. Mais Costa tenait instamment à ma présence : Permettez-moi d'insister. Et puis, autre chose : nous pensons que votre femme aurait pu être victime d'une manipulation. C'est bizarre, vous savez, suite à notre dernier entretien, j'étais prêt à abandonner, j'ai même demandé au juge de clore l'instruction. Mais il y a eu comme une étincelle, souvenez-vous, monsieur Meyer, vous avez dit que votre femme tenait beaucoup à ce collier, c'est un cadeau de son père. Alors, tout s'est renversé. Maintenant, je pense : nous allons perquisitionner la maison de Bruce Cazale. Mais, ai-je répondu : La maison de Bruce Cazale, c'est aussi la mienne, je vous signale !

Salvatore, depuis le début, vous le savez, je compatis à votre malheur, et, peut-être, si je peux le suggérer, à la limite cela vous rassurerait, vous aussi, qu'on ne découvre rien de particulier. Nous pourrions ainsi constater, absence de preuve à l'appui, que c'était un simple accident, et que votre femme, excusez-moi, monsieur Meyer, était seule responsable. Ça ne me pose aucun problème, ai-je répondu, ma priorité, c'est la découverte de la vérité. Costa m'a repris : Vous dites : la vérité, monsieur Meyer ?

Bien entendu ! Moi, ce que je souhaite, c'est en finir. Il y a d'abord la mort de ma femme, mais ensuite, je tiens à vous le rappeler, il y a cette fatigue accumulée. Vous m'affirmez que c'est pour me rassurer, mais je n'ai pas besoin d'être rassuré. J'ai seulement besoin de repos, de paix, vous m'entendez !

Dans ce genre d'affaire, a repris Costa, nous le savons bien, tout peut se produire, à chaque instant. Vous le constatez aussi, monsieur Meyer. Nous n'avons donc pas le droit de négliger le moindre indice. Maintenant, sachez-le, on se pose quand même toujours la question de savoir ce que faisait exactement votre femme à cinq heures du matin sur cette route.

Je le sais, ce qu'elle faisait, ai-je rétorqué. Ah oui, vous le savez... ? Inspecteur... ! allons ! tout le monde est au courant : elle rejoignait son amant, il vous l'a dit. Que voulez-vous d'autre ? N'est-ce pas suffisant... ?

Nous sommes d'accord, nous avons la même version des faits, mais je ne peux laisser subsister le moindre doute, et, ce doute, je veux le lever. Il y a cette histoire du collier, vous comprenez, et demain matin, huit heures, je serai à pied d'œuvre avec mon équipe dans la casse automobile. J'en conviens aujourd'hui, le fermoir a pu lâcher, sous la violence du choc, et les perles s'éparpiller, dans l'habitacle, comme vous me l'avez justement suggéré.

J'ai répondu que, si Gladys Lamarr disait vrai, qu'elle avait observé Tippi partir avec le collier la veille au soir en ma compagnie, et s'il s'était brisé, cela voulait donc dire qu'il était quelque part dans la voiture. Nous sommes donc sur la même longueur d'onde, vous et moi, inspecteur. Et Costa a dit : Je souhaite qu'on le retrouve, au moins une trace, une perle, ainsi je pourrai classer l'affaire. Alors j'ai répondu : Très bien, je serai à l'heure, et j'ai raccroché.

21

Plus tard, Gladys m'a confié la raison de son inquiétude. Elle avait entendu un bruit de pas et perçu une silhouette, quand elle était dans sa salle de bains, sous sa douche. Je l'ai rassurée. Il n'y avait rien à craindre. J'irais inspecter les alentours, le fond du jardin, vérifier la fermeture de son portail. Éventuellement un rôdeur, sait-on jamais... Elle m'a demandé ce que me voulait l'inspecteur Costa. Vu sa question, j'avais tout lieu de croire qu'elle me soupçonnait, malgré l'absence de preuves, d'une quelconque participation au meurtre présumé de Tippi, mais je n'ai rien laissé paraître. J'ai répondu que les choses s'arrangeaient enfin, et que j'étais soulagé. Restait une simple vérification à opérer, tout serait en ordre au matin, et Gladys m'a demandé si j'avais l'heure. Je lui ai répondu : Minuit passé. Elle a frissonné en resserrant les pans de son peignoir. Il était tard, Gladys se sentait très fatiguée, et n'attendait qu'une chose, rejoindre son lit.

22

J'ai regagné la maison, puis la chambre de Tippi. L'endroit baignait dans l'obscurité. Veilleuse allumée, j'ai contemplé la pièce, éprouvé le besoin de la décrire, à moi seul, et pour moi seul. Comme s'il m'était devenu nécessaire d'en conserver le souvenir, comme si je n'allais en aucun cas revenir à cet endroit, l'oublier à jamais. Comme si c'était Tippi qui était vivante, et moi, je serais mort.

Les rideaux étaient entrouverts. Les meubles cirés par la femme de ménage, employée de Bruce, dégageaient l'odeur pénétrante de l'encaustique. J'ai observé le tapis rose, en laine angora, les affiches, les peluches animales sur le lit, tout ce qu'aimait Tippi. Et maintenant, il n'y avait plus rien. J'étais seul à contempler cette chambre, les flacons de parfum, les photographies dans leur cadre sur la table de nuit, dont une fixée au mur : j'y étais représenté, à côté de Tippi, souriante. J'avais du mal à distinguer les traits exacts de mon visage, dissimulés en partie par l'ombre d'un bouquet de fleurs devant le soleil d'été, le jour de notre mariage.

23

Revenu dans la pièce qui me servait de chambre, j'ai songé à l'invitation de Bruce, maintenant que nos rapports s'étaient quelque peu adoucis : je devrais, selon lui, remonter à l'étage, occuper une des pièces vides, pas celle de Tippi, mais une des chambres d'amis, où, du reste, aucun ami n'était venu dormir depuis longtemps, ni aucun membre de nos familles respectives.

Il était temps, maintenant, d'obéir à l'invitation de Bruce, regagner l'étage et prendre possession d'une partie, au moins, de ce qui me revenait. Auparavant, je devrais vider ma chambre, me débarrasser de toute trace inutile, y compris les choses oubliées depuis longtemps, qu'on retrouve par hasard.

Agenouillé à côté de mon bureau, j'ai extrait d'un rayonnage, sous la fenêtre, une ancienne boîte à biscuits, couverte de rouille, rangée parmi d'autres boîtes de vis et d'écrous, donc rien qui puisse attirer l'attention.

J'ai ouvert cette boîte à biscuits, posé le couvercle sur le bureau. J'ai ôté un à un les doubles des clés de la maison, conservés dans cette boîte où jamais personne ne viendrait fouiller. Ensuite, j'ai sorti un écrin de velours violet, que j'ai présenté, ouvert, sous la lampe de bureau. J'en ai sorti le collier de perles. Je l'ai fourré dans ma poche, et je suis sorti.

La voiture a démarré en douceur, et j'ai craint, quittant la route d'accès, d'inquiéter Gladys, qui, à mon sens, serait capable, percevant le ronronnement du moteur, de téléphoner au poste de police. Elle devait avoir la ligne directe de l'inspecteur. Donc, je suis revenu, à pied, cette fois, en laissant la voiture au bord de la route, et j'ai frappé contre la vitre de sa cuisine, me préparant à lui dire que je partais rejoindre l'équipe de désamiantage de nuit, avant la relève, du côté de Palmdale. Pas de réaction, ma voisine semblait dormir.

Parvenu à la casse automobile de Santa Clarita, je glisserais le collier de perles dans un recoin de l'habitacle, la boîte à gants s'il le fallait, ce qui signifierait que ce bijou avait été rangé par Tippi elle-même, qui en prenait grand soin. Ou alors, je le dissimulerais dans un recoin, sur le tapis de sol passager, où il aurait glissé. Possible que les perles se soient éparpillées, avant ou après le choc, mais plutôt pendant, supposerais-je devant l'inspecteur, quand la voiture avait basculé dans le vide.

Mes phares balayaient la route. Je devais précéder l'arrivée de Costa et de ses hommes, me débarrasser du collier, qui, de toute façon, me reviendrait un jour ou l'autre. Je me suis mis à rire. C'était comme si je demandais pardon d'avoir à tout prix voulu savoir, cette nuit-là, ce que Tippi trouvait de si intéressant à Kowalzki, qu'elle m'explique enfin, pourquoi lui. Et pas moi.

24

Je me suis revu dans la nuit de samedi à dimanche, attendant ma femme sur le parking du Saïgon, pour les prendre en filature – contrairement à ce que j'avais raconté à Costa –, son amant et elle, quand ils ont quitté le bar de nuit avec la voiture de Kowalzki, puis fait halte dans un motel sur la route de San Fernando. J'ai patienté au volant, deux bonnes heures, avant qu'ils ne repartent. Il était inutile de se montrer. Je n'avais pas à discuter avec Tippi devant Kowalzki. Elle me détesterait, elle me dirait : Tu me fais honte, Salvatore. Elle en parlerait à Bruce, et je me suis mis à détester Bruce, de nouveau, comme je l'avais détesté souvent.

Ils sont revenus au Saïgon, et j'ai de nouveau attendu dans ma voiture. Tippi m'a rejoint plus tard à ma place habituelle, l'haleine chargée d'alcool, aussi de l'odeur de la cigarette fumée par Kowalzki. Lui, il a disparu dans l'obscurité. J'ai suivi des yeux ses feux de position arrière, absorbés par la nuit.

Tippi voulait rentrer, accompagnée par son gentil mari… Mon ange gardien, s'est-elle amusée en s'étirant sur le siège, puis en se penchant vers moi, m'embrassant, comme pour me récompenser d'avoir attendu si longtemps. Elle voulait se changer, et repartir, seule, cette fois ! Elle a déclaré avoir rendez-vous avec Kowalzki sur le parking du bar de Donovan. C'était pour continuer leur partie de billard au Saïgon. J'ai compris alors, en simulant l'indifférence, qu'ils avaient soigneusement organisé leur emploi du temps. Sans doute, ils s'étaient interrogés sur le moyen de se débarrasser de ma présence, et Kowalzki avait eu cette idée qu'elle retourne à la maison avec moi, et qu'elle revienne une heure plus tard. Ils seraient libres alors de retourner à Santa Clarita dans leur chambre du motel.

J'ai roulé avec prudence sur la route du retour. Tippi se laissait bercer par les secousses. La voiture tanguait. J'avais bu, moi aussi, mais pas autant qu'elle. Parvenu à la maison, j'ai rangé mon auto dans le garage. Je savais, comme elle me l'avait dit, que Tippi repartirait dans la demi-heure, et j'ai déplacé sa voiture, pour la mettre en position de départ. Puis, je l'ai accompagnée au salon. Elle m'a proposé d'aller dormir, car j'avais les traits tirés. J'ai répondu que ça allait très bien, et que je me sentais en pleine forme, mais, si elle le voulait, je pouvais l'emmener à son rendez-vous. Elle a compris, au ton de ma voix, que je les avais suivis. Du Saïgon au motel et retour. Et que je n'étais pas dupe. Elle s'est penchée vers moi. J'étais assis, toujours dans le salon, sur un coin du divan, une bouteille de vodka devant moi, et j'ai bu un verre d'eau en lui disant que c'était de la vodka. Tippi a sorti un verre à son tour. Ce geste de trinquer avec moi signifiait que je devais lui pardonner son départ de quelques heures en compagnie de Kowalzki, et son passage, si bref fût-il, au motel.

Je lui ai dit que je ne lui en voulais pas, ce qui était faux, en lui servant un autre verre. Tippi s'est détendue : nous nous préparions de belles années, tous les deux, a-t-elle souri, rêveuse, à la seule condition que je la laisse sortir quand ça lui plaisait, elle avait trop besoin de s'amuser. Je lui ai parlé de ce qui me tracassait, notre différence d'âge. Tu ne trouves pas un peu bizarre que je sois marqué à ce point par les années ? et toi, aussi jeune, Tippi ? et que nous soyons toujours ensemble… ? Elle s'est assise sur mes genoux. Elle a répondu, en m'embrassant sur le coin des lèvres, que je n'étais pas si vieux que ça.

J'étais son protecteur, voilà tout ! Mais elle avait aussi rendez-vous avec Kowalzki, tu comprends, Salvatore. Je lui ai dit calmement que je savais très bien où nous en étions, et je ne voulais pas me mêler de tout cela. Ses histoires avec Kowalzki, ce n'était pas si grave, voilà ce que j'ai dit, bien conscient, là aussi, que je lui mentais.

Après quelques verres supplémentaires, j'ai déclaré d'autorité que non seulement je l'accompagnais, mais je prenais le volant, question de sécurité. Tippi a insisté pour utiliser sa voiture. Elle devrait rentrer de Santa Clarita par ses propres moyens, sans avoir à me demander, ni à demander à son père, et je l'ai laissée imaginer qu'elle avait raison. J'ai dit que, dans ce cas, je partais avec elle, je trouverais une solution pour le retour, un taxi, par exemple, et même, je pourrais emprunter la voiture de Donovan, et j'ai continué à boire de l'eau. Par contre, Tippi a bu d'autres verres d'alcool, et je l'ai encouragée en la servant. Elle a vidé la bouteille de vodka, et j'ai pris soin, tellement elle était soûle, de l'installer à mes côtés, dans sa voiture. Ensuite, j'ai pris une bouteille pleine, que j'ai glissée sur la banquette arrière, en prenant soin d'en vider un peu sur les garnitures de siège. J'ai démarré, en roulant doucement.

Tippi somnolait. J'ai conduit jusqu'à la cimenterie désaffectée. Elle n'a pas vu que je bifurquais, feux éteints, le long du talus, puis sur le bord du parking désert, et là, j'ai manœuvré pour me placer dans l'axe du précipice, face au virage. Elle s'est réveillée, en demandant où elle se trouvait, et ce que j'étais en train de faire, penché sur elle, les mains autour du cou, à la recherche de son collier. Je ne voulais pas qu'elle emporte ce bijou avec elle, là où elle allait. J'ai défait le fermoir, et Tippi a voulu savoir, une nouvelle fois, ce que je fabriquais, Arrête, s'il te plaît, Salvatore ! s'est-elle affolée en agitant ses mains autour du visage et du cou, pour se protéger. J'ai dû faire usage de ma force. Alors que je ne l'avais pas souhaité. Parvenu à mes fins, j'ai mis le collier dans ma poche, et j'ai murmuré à son oreille qu'elle pouvait maintenant rejoindre son amant, qui l'attendait quelque part, pour un dernier instant de bonheur. J'avais bien déduit de la situation que Kowalzki était déjà là. D'ailleurs il n'a pas tardé à appeler. Le téléphone était réglé sur vibreur.

Quand elle a perçu les vibrations, ajoutées à la sonorité sourde émise par l'appareil, Tippi a repris conscience. Je savais pourquoi elle avait réglé son téléphone en sourdine. Par discrétion, pour lui répondre à mon insu, et j'ai observé combien elle était organisée. Elle a parlé un instant avec son amant, quelques mots seulement, d'une voix altérée, presque incompréhensible. Je lui ai demandé si tout allait bien, et si Kowalzki l'attendait. Dans ce cas, elle devait prendre le volant et le rejoindre.

J'ai voulu ensuite cette dernière question, dont je connaissais par avance la réponse, pour m'assurer définitivement de son choix, que je n'aie jamais rien à regretter : Et si tu ne le rejoignais pas, ton amant, Tippi… ? Elle a voulu savoir pourquoi elle ne rejoindrait pas Kowalzki : Pour rester avec toi, peut-être… Salvatore… ? toute ma vie… ? J'ai voulu répondre, oui, Tippi, avec moi. Toute ta vie. Mais elle a sombré de nouveau.

J'ai mis les phares, trouvé inutile d'effacer la moindre trace de ma présence, puisque c'était la voiture de ma femme. Elle a pris laborieusement sa place, côté conducteur, je l'ai guidée. L'alcool produisait toujours son effet. Tippi m'a fait part, à peine consciente, de son envie de vomir. J'ai posé ses deux mains sur le volant, fermé ses doigts, et desserré le frein. La voiture s'est mise à rouler, vitre baissée, d'abord très lentement, dans un grincement d'essieux. J'ai couru, la main sur le volant, face au précipice. Puis lâché prise, et je l'ai regardée partir. Prendre de la vitesse. En ligne droite. Selon mes calculs de trajectoire, après plusieurs essais en roue libre, avec ma propre voiture, ces dernières semaines. La glissière de sécurité a volé en éclats sous le choc, ça a produit un grand fracas, mêlé de bruits de ferraille. La voiture a basculé en avant, elle a piqué du nez, avant de s'élancer dans le vide, de rebondir, en plusieurs temps, sur les rochers, et de s'écraser au fond du gouffre.

Le jour se lèverait bientôt. J'ai regagné le fond du parking devant la cimenterie, gagné les broussailles, la zone de végétation, sans me retourner, et j'ai récupéré mon vélo tout-terrain, dissimulé derrière les roches, à l'endroit où je l'avais laissé la veille, sorti du coffre de ma voiture. Cette fois avait été la bonne, après tant d'occasions manquées, de samedis matins à transporter en vain le vélo dans mon coffre, à le camoufler parmi les rochers du côté de la cimenterie, au cas où l'occasion me serait favorable.

Quelques minutes plus tard, j'ai composé le numéro de Tippi sur mon mobile, laissé un message : Allô, Tippi ! s'il te plaît, réponds-moi, décroche, je t'en supplie… ! Dis-moi où tu es, je suis fou d'inquiétude ! Fin du message. J'ai roulé le long du chemin de randonnée, j'ai roulé sans arrêt. Jusqu'à la maison.

25

Peu de temps après le dernier appel de Costa m'avertissant de la perquisition, je suis parvenu au ralenti, feux éteints, cette nuit-là, devant la casse automobile de Santa Clarita, à l'écoute du moindre bruit. L'aube ne pointait pas encore. Escalader le grillage d'enceinte n'a pas duré plus d'une minute. Personne. Pas un gardien. Je me suis glissé le long du hangar, à l'endroit où Costa m'avait donné rendez-vous. La voiture était là, comme endormie, sous la lune.

Une portière gisait au sol. J'ai passé la main dans l'habitacle, pour atteindre la boîte à gants, à peine visible sous ce qui restait du tableau de bord couvert de débris de matière plastique et de verre. J'ai enfoui à l'aveugle le collier dans le fond.

Combien valait ce collier de perles acheté par mon beau-père pour l'offrir à sa femme, en cadeau de mariage ? je l'ignorais. Cette pensée a ravivé le souvenir de Bruce, le jour où il l'avait repris à sa femme, lors d'une scène de violence conjugale. Puis offert, pour la seconde fois, mais à sa fille, dans un nouvel écrin, sous mes yeux.

Bruce avait dit à Tippi : Ferme les paupières, ma chérie. Il avait présenté son cadeau dans un écrin violet. Sa femme venait à peine de tourner le dos, pour ne jamais revenir, sinon le jour de l'enterrement de sa fille. J'avais dit à Tippi, c'est un bijou magnifique, ce cadeau de ton père. Elle s'était alors rendue à la salle de bains, sans me répondre, les mains jointes derrière le cou, ses doigts à la recherche du fermoir, dont elle ne parvenait à saisir la boucle. Quand elle est revenue, après s'être contemplée, Tippi était heureuse de l'effet produit par ces perles sur sa robe blanche.

J'ai refermé la boîte à gants en forçant. Le grincement de la charnière a résonné dans le petit matin. Une voix m'est parvenue. J'ai identifié son timbre, et l'accent espagnol de l'inspecteur Costa. C'était dans mon dos. Je ne me souviens plus de ce qu'il disait exactement. En tout cas, il me parlait. Je me suis penché sur le siège éventré de la voiture, parmi les éclats de pare-brise.

Il avait suffi à Costa d'évoquer une perquisition de la maison, de me dire ensuite qu'il abandonnerait les poursuites s'il retrouvait le collier, puis de me prévenir qu'il allait opérer une fouille de l'épave, et je m'étais précipité, pour le devancer. C'était cousu de fil blanc. Et je n'avais rien vu. Mais lui savait que j'arrivais, sans doute prévenu au téléphone par Gladys. Je me suis retourné.

Les projecteurs déversaient leur lumière sur les pyramides géantes de tôle froissée, sur tous ces véhicules voués à la destruction. Costa se tenait en face de moi, dans son impeccable costume gris. Il m'a demandé, s'approchant de la lumière, ce que je faisais là, si, par hasard, je n'aurais pas oublié quelque chose, ou si, au contraire, je n'étais pas venu ici pour me débarrasser d'un objet compromettant. Et je n'ai rien dit. J'ai seulement regardé autour de moi la presse hydraulique, les empilements de voitures et la silhouette en contre-jour de mon beau-père.

CET OUVRAGE A ÉTÉ ACHEVÉ D'IMPRIMER LE VINGT-DEUX JANVIER DEUX MILLE VINGT-ET-UN DANS LES ATELIERS DE NORMANDIE ROTO IMPRESSION S.A.S.
À LONRAI (61250) (FRANCE)
N° D'ÉDITEUR : 6666
N° D'IMPRIMEUR : 2004648

Dépôt légal : mars 2021